Karin Tamcke
Der katzegorische Imperativ

Karin Tamcke

Der katzegorische Imperativ

Heitere Geschichten über Katzen

 MARIPOSA VERLAG

Bibliografische Information der Deutschen Nationalbibliothek

Die Deutsche Nationalbibliothek verzeichnet diese Publikation in der Deutschen Nationalbibliografie; detaillierte bibliografische Daten sind im Internet über http://dnb.d-nb.de abrufbar.

ISBN 978-3-927708-93-8

2. Auflage, Oktober 2013

Umschlaggestaltung: Jens Krebs, www.jens-krebs.com, unter Verwendung eines Fotos von Karin Tamcke

Fotos im Innenteil: Karin Tamcke

© Mariposa Verlag

Fon 030 2157493   Fax 030 2159528

U. Strüwer Drakestr. 8a 12205 Berlin

www.mariposa-verlag.de

Inhalt

Katz und Maus

Die Erkenntnis kam wie ein Donnerschlag. Bislang glaubte auch ich: Hat man eine Katze im Haus, dann wird man zeit ihres Lebens kein Problem mit Mäusen haben. Sie wird alle fangen, die jemals einen Schritt in unser Zuhause wagen sollten. Das ist der Job der Katzen, schließlich weiß das jedes Kind. Nicht dass unser Haus an Mausbefall zu leiden hatte, es war rein prophylaktisch gedacht. So kam dann ein Katerchen ins Haus und veränderte mein Weltbild. Denn ich musste lernen: Katzen fangen zwar Mäuse, doch Katzen bringen auch Mäuse. Lebende Mäuse. Und zwar im Verhältnis 1:3. Meine Laufbahn als Katzenbesitzer begann daher mit einem folgenschweren Irrtum.

Damit wir uns richtig verstehen: Wir haben erst neuerdings Mäuse im Haus. Nicht obwohl, sondern weil wir Katzen haben. Sie werden durch einen Bringdienst geliefert. Meistens fängt es so an: Der Kater kommt aus dem Garten und man kann bemerken, dass er etwas undeutlich spricht. Zwischen Fangzahn und genuscheltem Miau klemmt eine frustrierte Maus. Es ist mal wieder so weit. In der ersten Zeit war ihm das Jagdglück nicht hold gewesen. Ob aus Unerfahrenheit oder aufgrund eingeschränkter Wendigkeit wegen eines Speckgürtels um die Bauchregion: Seine Erfolgserlebnisse bewegten sich in einem engen Rahmen und manifestierten sich lediglich durch das Aufsammeln bereits verschiedener Nager. Was tot ist, läuft nicht mehr davon. Nun aber hat er abgespeckt. Und diese Tatsache, verbunden mit einer inzwischen eingetretenen geistigen Reife, versetzt ihn offenkundig in die Lage, seine Fangquote von null auf durchschnittlich fünf Mäuse pro Woche zu erhöhen. Obwohl ich die Nager von der Optik her entzückend finde, habe ich doch die Größe, ihm seinen Erfolg zu gönnen. Wenn er nicht ständig glauben müsste, ihn mit uns zu teilen. Und so treibt es ihn mit der Beute ins Haus und sinnigerweise unter den Esstisch. Das ist nett von ihm gemeint, doch unser Speisezettel sieht etwas anders aus. Auch er frisst weiterhin Dosenfutter, die Maus ist Zeitvertreib. Das arme Tierchen wird geschoben, geworfen, getragen, durch Loslassen in trügerische Hoffnung versetzt … und wieder eingefangen. Leider mangelt es dem Kater an der nötigen Konzentration. Früher oder später kann das Mäuschen türmen und, von sicherem Instinkt geleitet, hinter Möbelstücken verschwinden. Vorzugsweise hinter Möbeln, die schwer verrückbar sind. Es macht kein gutes Gefühl, eine Maus im Haus zu wissen. Mäuse nagen Leitungen an, laufen nachts über Kopfkissen und erschrecken Schwiegermütter.

Da sich der Kater vom weiteren Geschehen distanziert, ist es nun mein Job, dem unfreiwilligen Hausbewohner zu einer Zukunft zu verhelfen, die jenseits unserer Mauern liegt. An unzähligen Mäusen hab ich schon Rettungsdienste ausgeübt. Doch ich gehe nicht so weit, verletzte Mäuse zum Tierarzt zu bringen. Dann warte ich lieber mit Grausen auf den finalen Katerbiss. Ist die Maus noch gut erhalten, lohnt sich die Rettungsaktion. Schließlich hängt auch sie am Leben. Doch um retten zu können, muss ich selbst zum Jäger werden. Ein Katz-und-Maus-Spiel beginnt. Ich spiele mit hohem Körpereinsatz um den piepsenden Hauptgewinn. Als Hilfsmittel empfiehlt sich ein Karton, in den die Maus zu laufen hat, weil ein rund ausgeschnittenes Loch ihr ein Zuhause suggeriert. Doch ist es ein weiter Weg bis in den Pappkarton. Er beginnt mit der wichtigen Frage: Wo ist die Maus geblieben? Überall kann der Flüchtling stecken. Einmal hatte der Kater seinen Fang ins Faxgerät geschoben. Ein anderes Mäuschen versteckte sich hinter der Wandverkleidung und die einzige Möglichkeit, seinen Hungertod abzuwenden, war der Abbau der Paneele. Der Fluchtort unter dem Klavier stellte mich vor wenig Probleme. Ich musste lediglich warten, bis die Maus die Melodien aus dem Musical „Cats" nicht mehr hören mochte und freiwillig ihr Versteck verließ.

Problematisch wurde es an einem eiskalten Wintertag. Ich öffnete einer flüchtigen Maus zuvorkommend die Terrassentür.

Die Maus verstand das falsch und wählte nicht die Freiheit, sondern kroch zwischen Rahmen und Zarge, sodass die weit offene Tür nicht mehr zu schließen war, ohne die Maus zu zerdrücken. Es dauerte zwei Stunden, bis sich das Mäuschen entspannte und den Türspalt endlich verließ. Vermutlich klapperten ihre Zähne nicht weniger als meine. Immerhin konnte ich auch diesen Fall erfolgreich zu den Akten legen. Doch keiner soll mir noch einmal erzählen, dass man im Haus keine Mäuse mehr hat, wenn man sich Katzen hält.

Alle Jahre wieder …

Die Zeichen sind deutlich und unübersehbar. Draußen wird es kalt und kälter, die ersten Schneeflocken proben den freien Fall. In den Geschäften machen sich Kerzen, Kugeln und Engelchen breit. Und mich überkommt eine dunkle Ahnung …
Ich liebe Christbaumschmuck. Jahrelang hatte ich auf Flohmärkten nach alten Kugeln gesucht, in den Läden nach besonders hübschen Stücken gefahndet. Denn das Schönste an Weihnachten war für mich immer der Baum. So ein richtig großer Weihnachtsbaum, behängt mit hauchzarten gläsernen Kugeln, silbernen Glöckchen, filigranen Strohsternchen, zerbrechlichen kleinen Figürchen. Ein einziges Funkeln und Strahlen. Und mit vielen Kerzen aus Wachs. Alle Jahre wieder.
Elektrische Kerzen? Niemals. Nie im Leben.

Unser erster Kater kam ins Haus. Er erklärte den Baum zu seinem ganz persönlichen Besitz und richtete sich unter den Zweigen ein verschwiegenes Lager ein. Die ganze Weihnachtszeit kam er nur zum Fressen heraus. Die Kugeln und Kerzen beeinträchtigten sein Wohlbefinden nicht und er beeinträchtigte das Wohlbefinden des Baumes nicht. Auch die nachfolgenden Katzen zeigten sich christbaumtauglich. Doch nach ihrem Ableben brach eine neue Ära an.
Es zogen drei Tiger ein. Grau gestreifte. Und wir merkten: Katze ist nicht gleich Katze. Als sie kamen, sahen sie so klein und so unschuldig aus. Das änderte sich, als sie größer wurden. Und zum Jahresende waren sie schon ziemlich groß. Aus meinem Adventsgesteck fraßen sie die Gräser heraus. Die Tannenzapfen kickten sie über den Teppich. Und mit ihren Schwänzen wedelten sie so unbeschwert vor den Flammen, dass wir lieber auf Gesteck und Kerzenschein verzichteten. Vorübergehend, wie wir meinten.

Es ist Weihnachten. Der Baum steht noch nicht einmal, da ist er schon fest in Feindeshand. Während der Kater sich mutig ins

Unterholz schlägt, erobern seine beiden Schwestern im Null-kommanichts die Spitze. Kaum schwebt der erste Strohstern anmutig am grünen Geäst, liegt er schon zerkaut danieder. Den anderen geht es auch nicht besser.

Ich lese die zerfledderten Reste auf und hefte sie sternförmig mit dem Tacker zusammen. Noch ein paar Papp-Engel und Äpfel an die Zweige, fertig ist die karge Deko. Hauptsache unzerbrechlich. Im Karton auf dem Dachboden bleiben meine hauchzarten Kugeln, meine silbernen Glöckchen, meine filigranen Anhängerchen … Und was ist mit den Kerzen? Trotzig bringe ich die Kerzenhalter an. Immer noch denke ich: Elektrische Kerzen? Nie im Leben!

Heiligabend suchen wir kleinlaut im Haus nach einer Lichterkette. Die einzige, die wir finden, ist zu kurz und illuminiert nur die Spitze des Baumes. Am nächsten Morgen sehen wir sie um sämtliche Tisch- und Stuhlbeine gewickelt wieder. Als Fallobst liegen die Äpfel herum, die flügellahmen Engel daneben. Auch bei den Strohsternen ist es aus mit dem Schweben.

Wir lieben unsere Katzen. Wir wünschen ihnen ein langes Leben. Und so bleibt vorerst nur die Erinnerung. Die wehmütige Erinnerung an zarte Kugeln, silberne Glöckchen, Strohsternchen, filigran wie Schneekristalle, und anmutige Figürchen an grün benadelten Ästen.

Gute Nacht!

Zur Erhaltung unserer Leistungsfähigkeit nutzen wir regelmäßig einen Entspannungszustand mit Herabsetzung des Bewusstseins, im Allgemeinen als Schlaf bekannt. Um dabei ein Höchstmaß an Bequemlichkeit zu erreichen, hat der Mensch das Bett erfunden, in das auch ich mich Nacht für Nacht begebe, um morgens erfrischt und munter mein Tagwerk neu zu beginnen.

Oh, ich habe an alles gedacht, um den Erfolg zu optimieren. Wirbelsäulengerechter Lattenrost mit körperunterstützenden Eigenschaften und Komfort-Zonen im Schulter-Beckenbereich, dem Gewicht angepasste Matratze mit thermisch vergütetem Federkern. Noch kurz das Kopfkissen aus sibirischem Gänseflaum aufgeschüttelt, die Bettdecke mit Extrakammern für gleichmäßige Wärmeverteilung über mich gezogen. Licht aus, gute Nacht.

Zuerst ist es eher eine Ahnung, ein sanfter Druck am Schienbein. Ein Druck, der sich stetig verstärkt, sich über meine Waden wälzt, mein Bein zur Seite drängelt und sich schließlich in Kniehöhe zum Kater materialisiert, der, eine Ewigkeit tretend und trampelnd, endlich als runder Katzenkringel in die entstandene Mulde sinkt. Noch ein wohliger Seufzer, ein höchst zufriedenes Brummeln, bald künden leise Schnarcher von einem tiefen Katerschlaf. – Nun denn. Ich sortiere mich wieder zurecht. Arrangiere mich mit dem knappen Platz. Meine Muskeln finden erneut Entspannung in der horizontalen Version eines „grand plié": Beine angewinkelt, die Knie beidseitig jeweils nach außen gedrückt. Ich habe inzwischen gelernt, auch in Ballett-Positionen zu schlafen. Nochmals gute Nacht. Gedanken werden zu Wattewölkchen, entschwinden am Bewusstseins-Horizont.

Es ist kein Albtraum, der mich jäh aus der Tiefschlaf-Phase schreckt. Nur vier Kilo Lebendgewicht, die im Schlusssprung auf meinem Brustkorb landen – bmpf! Wie eine Reanimation durch Herzmassage. Im Schock greifen meine Hände ins Dunkel. Oh nein, nicht schon wieder diese Katze! Von ihr kommt ein erfreutes Schnurren: Ach wie nett, du bist noch wach …! Eine kleine Pranke parkt in meinem Gesicht. Ich gehe auf Tauchstation unter die Decke. Langsam kehrt Ruhe über mir ein. Ein getigerter Körper ringelt sich in Schlafposition. Alles okay? Ich tauche wieder auf und drücke mich vorsichtig – bloß nicht wecken! – an das weiche Katzenfell. Ist doch immer wieder tröstlich, etwas Warmes, Lebendiges im Arm zu halten, wenn man nachts nicht schlafen kann. Jetzt aber gute Nacht.

Zwischen meinen Knien entringelt sich der Kater zu einer langen Schlummerrolle. Positioniert sich quer. Die Nutzfläche meines Lagers – um die Hälfte reduziert. Ich robbe bis zum Anschlag nach oben. Aus dem „grand plié" wird so etwas Ähnliches wie die Schlusspose vom „Sterbenden Schwan". Nun aber wirklich gute Nacht.

Als nächstes verspüre ich ein Gewicht auf dem Schlüsselbein. Ein rhythmisches Getrete zweier Vorderpfoten: rechts, links, rechts, links … Nadelspitze Krallen akupunktieren meinen Oberarm. Endlich fertig gestrampelt! Ein Fellberg schiebt sich vor mein Gesicht. Jeder Atemzug saugt kribbelndes Katzenhaar ein. Ich lege den Kopf überstreckt in den Nacken, extrem nach rechts verrenkt. Die Niesanfälle ebben ab. Der Atem fließt wieder leicht und frei. Nur ein lautes, vibrierendes Schnurren massiert mein linkes Trommelfell. Ein kleiner, stetig summender Motor. Einschläfernd, gemütlich, herzerwärmend. Endlich gute Nacht.

Das Klingeln des Weckers kommt wie immer zu früh. Ich wache auf und bin erstaunt. Liege irgendwie seltsam da. Arme und Beine monströs verwinkelt. Der Nachtschrank dient dem Kopf als Stütze. Meine Knie umschließen noch immer die Senke, in der ich den Kater vermute. Doch der ist längst nicht mehr da. Die Katzen sind schon aufgestanden. Endlich Platz im Bett. Ich sammle mich wieder zusammen. Dehne die schmerzende Wirbelsäule. Massiere den verspannten Nacken. Habe ich doch die falsche Matratze? Meine Komfort-Matratze mit Gütesiegel, von Schlafwissenschaftlern empfohlen! Was soll man von solchen Empfehlungen halten? Ich sollte vielleicht reklamieren. Doch erst einmal raus aus dem Bett. Denn in der Küche warten auf ihr Frühstück drei ausgeruhte Katzen. Guten Morgen.

Papiertiger

In der biologischen Familie der Katzen sind unsere Haustiger von den Abmessungen her die kleinsten. Es ist festzustellen, dass sie ein Stockmaß von 25 cm nicht wesentlich überschreiten. Wir haben uns daran gewöhnt. Doch wie gehen die Katzen selbst mit diesem Ergebnis um? Wissen sie um ihre Winzigkeit? Leiden sie möglicherweise darunter? Es ist davon auszugehen. Denn sie unternehmen viel, um diesen Mangel zu kompensieren. Menschen haben es gut. Sie wählen Schuhe mit hohem Absatz. Beispielsweise. Schon wirken sie ein Stück größer. Katzen haben es weniger einfach. Eine Katze auf High Heels? Reden wir nicht davon. Katzen müssen andere Wege gehen, um Stattlichkeit zu erreichen.

Wer groß ist, blickt auf andere herab. Katzen wollen das auch. Aus Gründen des Selbstwertgefühls. Und wie schaffen sie das? Sie klettern zum Beispiel auf Bäume. Doch Bäume wachsen nicht überall. Dann werden andere Objekte genutzt. Schränke, Tische, Stühle. Ist noch irgendwie logisch. Sie lagern aber auch auf Papier. Und das machte mich stutzig. Warum tun sie das? Es lässt nur einen Schluss zu: Die Katzen erspüren im Papier den Baum. Das Ausgangsmaterial. Baum vor der Metamorphose. Und schon überkommt sie dieses magische Gefühl. Das Gefühl von Baum unter Katze. Die Aktion des Baum-Erkletterns – auf das Wesentliche reduziert. Heruntergefahren zum symbolischen Akt. Und der Weg ist frei für seltsame Dinge. Ein Zettel auf dem Küchentisch? Er verschwindet unter der Mieze. Katzen pflanzen sich auf alles. Auf jedes Fitzelchen Papier. Selbst eine Briefmarke scheint ihnen geeignet, sich vermeintlich zu erhöhen. Um sich endlich so groß und gefährlich zu fühlen wie die Verwandten aus Dschungel und Steppe. Nehmen wir eine harmlose Zeitung. Jeden Tag ereignet sich das gleiche Spiel. Ich breite tapfer mein Heimatblatt aus, dunkle Ahnungen ignorierend. Kaum haben es meine Sehnerven geschafft, die Schlagzeile abzutasten, sehe ich nur noch gestreift.

Ein weiches amorphes Fellgebilde, aus dem Nichts erschienen, breitet sich über das Blatt. Unter sich das Weltgeschehen. Reden, Rekorde, Reformen – alles für die Katz. Verschwunden unter grauem Pelz.

Ich könnte jetzt versuchen, um die Katze herum zu lesen. Die Wörter aus dem Fell zu graben. Ein Katzenbein zur Seite zu räumen. Aber was dann lesbar wird, sind höchstens Rudimente vom Text, der umfassenden Information nicht dienlich. Und irgendwann kommt der Zeitpunkt, da stehe ich vor der Frage: Wie, bitte, blättert man um? Die Katze einfach wegzuschieben, macht die Sache nur schlimmer (Sind genügend Pflaster im Haus?). Ein Herausziehen der Zeitung unter der Katze scheitert am kleinen Unterschied. Am Unterschied der molekularen Strukturen. Die Dichte ist bei der Katze stärker. Die Zeitung reißt, die Katze bleibt heil und verteidigt dann die Fetzen.

Katzen besitzen auch gerne Bücher. Mit ihrem Hinterteil. Ob Goethe oder Simmel – sie haben keine Präferenzen. Katzen schätzen alle Werke. Am liebsten aufgeschlagen und wenn gerade ein Mensch darin liest. Der Fortgang … siehe Zeitung. Bei der Zerreißprobe zwischen Papier und Katze siegt erfahrungsgemäß nicht das Papier.

Kommen wir zum Karton: ein Eldorado für die Miezen. My Karton is my castle. Schlagartig macht so ein Ding die restliche Wohnung katzenfrei. Alle sitzen drin. Manchmal sind die Kartons sehr klein. Dann kann man Katzen sehen in dem verzweifelten Bemühen, ihren Gesamtpelz in ein Behältnis zu quetschen, das kaum geeignet scheint, mehr als zwei Pfoten aufzunehmen. Schließlich klemmt das Pelztier in der Schachtel, eng umspannt von der Pappe, und guckt betont blasiert, um einen Rest an Würde zu wahren. Der Anblick erinnert an einen Werbespot aus den 70er Jahren: Mein Hüfthalter bringt mich um! Und alles nur für die Illusion, die Welt von oben zu betrachten.

Schluss mit dem Fantasieren. Ich habe keine Ahnung, warum sich Katzen so verhalten. Warum sie Papier-Fetischisten sind. Vielleicht stand es ja in der Zeitung. Dann hab ich es übersehen. Wahrscheinlich lag gerade die Katze drauf.

Von Tatzen und Tasten

Manchmal habe ich eine Vision: Ich sitze an meinem Computer, die Gedanken fließen frei und flüssig in die Tasten, ein Wort reiht sich sinnvoll ans andere und nichts und niemand stört mich dabei. Alpha-Wellen durchspülen stimulierend mein Gehirn und schenken mir jene Versunkenheit, die notwendig ist für große Ideen.

Und dann holt es mich jäh ein, das wahre Leben. Es holt mich ein auf vier weißen Pfoten, die kurz überm Knöchel in ein zartes Grau mit Tigerstreifen übergehen und schließlich den Zusammenhalt an einem zierlichen, geschmeidigen Körper finden. Es holt mich ein auf diesen überaus weichen, rundlichen und Harmlosigkeit ausstrahlenden Pfoten, die dennoch nichts anderes im Sinn zu haben scheinen, als zielstrebig über die Tastatur zu tappen und damit mein Geschreibsel in ein absolutes Chaos zu verwandeln, mir Funktionen ins Programm zu trampeln, bei denen ich nicht den blassesten Schimmer habe, wie sie wieder zu löschen sind. Pfoten, die sich nachdrücklich weigern, den zur Ruhestätte erkorenen Platz wieder zu verlassen, die den restlichen Körper entschlossen nach sich ziehen und sich bequem unter selbigen kuscheln, während auf dem Bildschirm ein mittelschweres Gewitter tobt. Und wieder offenbart sich, was ich schon längst vermutet habe: Computer und Katzen sind absolut nicht kompatibel.

Panik und Entsetzen machen sich breit. Vom Adrenalinschub gesteuert, greifen meine Hände ins seidenweiche Tigerfell, um es samt Inhalt aus der Gefahrenzone zu entfernen. Ich gebe es ja nicht gerne zu, aber zwischen meinem Computer und mir herrscht zurzeit noch eine sehr fragile Beziehung, die Einmischungen aller Art nicht verträgt. Jeder für sich funktioniert ausgezeichnet und in hohem Maße störungsfrei, doch in dem Moment, in dem wir aufeinandertreffen, entwickelt sich ein ganz besonderes Spannungsfeld. Deshalb gibt es auch diesen Pakt: Ich verschone ihn einfühlsam mit Experimenten, er bedankt sich wohlwollend mit reibungslosem Arbeitsablauf.

Katzen sind dabei nicht vorgesehen. Und nun habe ich den Salat. Wo vorher Text war, herrscht jetzt Chaos. Ein Chaos aus Buchstaben und verwirrenden Zeichen. Unverständliche Fragen drängen auf Antwort. Der Drucker wirft beleidigt eine Leerseite nach der anderen aus. Wie soll ein Computer auch schon reagieren, wenn man 23 Tasten auf einmal drückt?

Die nächste Heimsuchung folgt in Form eines Angriffes auf die Computermaus mit ihrem langen Mäuseschwanz, der sich aufreizend über das Mauspad schlängelt. Wie lange hält wohl ein Kabel durch, wenn sich spitze Zähnchen mit Hingabe in die Ummantelung graben?

Es gibt aber auch Übergriffe subtilerer Art. Beim Anschlag der Tasten stellte ich bald eine progressive Schwergängigkeit fest. Kein sattes Klick-Geräusch mehr beim Tippen. Bei Risiken und Nebenwirkungen fragen Sie Ihre Katze: Heimlich hatte sie ihr Fell auf die Tastatur gefusselt und als dicke Dämmschicht zwischen die Tasten gelegt.

Natürlich versuche ich schon im Vorwege, die Katastrophen zu verhindern. Niemals drücke ich den Einschaltknopf ohne vorherigen Rundblick durch den Raum. Die Katze ist nicht da? Gut so. Aber Katzen beherrschen eine besondere Kunst: Sie können sich unsichtbar machen. Und während meine Aufmerksamkeit schwindet und tiefer Versunkenheit weicht, nähert sich lautlos und schleichend erneut die Katastrophe, die Heimsuchung auf vier Pfoten. Urplötzlich ist sie wieder da, landet leicht und federnd in meinem persönlichen Krisengebiet. Und ich versuche noch, das Verhängn..9§/,p +ay0jncjc-´?ov 6§§i70b,409ß´gb84nv7rk

ßp&9$u

p r7v   2m

a ? ä

#q

Katzenjammer

Es ist ein heikles Thema und vielleicht sollte ich gar nicht darüber reden: Unsere Katzen leiden. Sogar erbärmlich. Sie leiden morgens, mittags, abends. Nur nachts nicht, glücklicherweise schlafen sie dann. Sie leiden auch nicht überall. Es gibt dafür einen bevorzugten Platz. Bewegt sich ein Familienmitglied in Richtung Küche, setzt das Leiden automatisch ein. Denn hier stehen sie, die Verursacher des kollektiven Katzenjammers: klein, rund, in unschuldigem Weiß gehalten. Drei Futternäpfchen aus Porzellan.

Es ist früher Morgen. Drei Katzen sind in Warteposition. Drei Katzen, die die Säuberungsaktion ihrer Näpfe überwachen. Die ungerührt meine Bemühungen verfolgen, die reichlichen Reste des Vortages aus ihren Schüsseln zu kratzen. Die mäßig interessiert das Öffnen einer Dose verfolgen. Die sich dann zögerlich an ihr Frühstück begeben. Das bedeutet: Soße ablecken, den Rest mit Verachtung strafen. Danach wenden sie sich dem menschlichen Dosenöffner zu: „Wir haben nichts zu fressen."

Dosenöffner: „Und was ist das in den Näpfen?"

Katzen: „Welche Näpfe? Sieht hier jemand Näpfe?"

Dosenöffner: „Die Dinger hinter euch."

Katzen: „???"

Der Dosenöffner füllt zum besseren Verständnis ein paar Löffelchen Futter nach. Die Katzen demonstrieren Gutwilligkeit, nehmen mit Herablassung gelangweilt ein paar Bröckchen auf, um Augenblicke später erneut zu signalisieren: „Wir haben nichts zu fressen."

Der Dosenöffner weist auf die gut halb vollen Näpfe. Vorsorglich vermeidet er Blickkontakt, denn er weiß genau, was kommt. Erstens: Halb voll ist bei Katzen immer halb leer – sie sind geborene Pessimisten. Ein gefüllter Napf gibt schon irgendwie Anlass zur Sorge, halb gefüllt ist er ein Indikator für eine drohende Hungersnot. Zweitens greift noch ein anderes Wissen. Das Wissen um einen speziellen Behälter hinter der Küchenschranktür, gefüllt mit besonderen Schätzen für drei-

fache Katzenseligkeit: „Knackis", „Wegputzis", „Schmackis" …
und wie die Dinger so alle heißen. Normales Futter? Das ist
gerade mal gut zum Überleben, zum Erhalt der Vital-Funktio-
nen. Ansonsten darf es das andere Zeugs sein.

Die Katzen formieren sich zum Anhimmeln bewusster Kü-
chenschranktür: „DAVON war heute noch NICHTS in den
Näpfen!" Ermunterndes Stupsen, motivierendes Schnurren.
Geballter Charme mal drei. Der Dosenöffner weigert sich trotz-
dem, zum Schranktüröffner zu werden. Das bedeutet für die
Katzen: Fertig machen zum Leiden! Und dann geht es los.

Am eindrucksvollsten leidet der Kater. Haben Sie zufällig
eine Geige? Dann streichen Sie doch mal das hohe E. Aus-
halten. Nun noch ein kräftiges Tremolo rein. Gut so. Nach
ungefähr zwei Minuten rutschen Sie mit einem Glissando auf
das F: Miiiiiiiiiiiiiiiiiiiiiiiiiaoo! Wiederholen. Immer und immer
wieder. Das allein zur Akustik. Die Optik ist geeignet, selbst
erklärten Katzenhassern Tränen des Mitleids in die Augen zu
treiben. Ein Vierzehnpfünder auf der Schwelle zum nahrungs-
mangelbedingten Zusammenbruch.

Ich weiß, der Fehler liegt bei mir. Als junge Kätzchen bekamen
sie Namen, auf die sie möglichst hören sollten. Also begann
ich, sie darauf zu trainieren. Ich kaufte die knackigen Lecke-
reien und setzte sie als Köder ein. Jede Katze ist bestechlich,
sie kennt da keine Skrupel. Ich trainierte und bestach. Unsere
Katzen waren gelehrig. Sie begriffen ziemlich schnell. Ich rief,
die Katzen kamen. Kluge Katzen. Nach kurzer Zeit gingen sie
nur, um wieder kommen zu können: „Uns war so, als hätte
man uns gerufen!" Wirklich kluge Katzen. Ihr Kommen wurde
brav belohnt. Sie stellten ihre Ernährung um. „Wegputzis"
avancierten zum Hauptnahrungsmittel. Bis ich merkte, dass
die Katzen mich trainierten.

So war das Ganze nicht gemeint. Belohnung? Nur noch bei
wirklich erbrachter Leistung. Es wurde ganz klar festgelegt:

„Katzen-kommen-ständig-in-die-Küche-und-verlangen-nach-Belohnung" ist definitiv keine Leistung. Doch versuche mal einer, das Rad zurückzudrehen. Die Katzen waren entsetzt. Sie verlegten sich aufs Betteln, erhoben es sogar zur Kunstform. Sie löcherten mich mit Blicken und Krallen: „Wann, oh wann …?" Sie organisierten einen Sitzstreik in der Küche. Sie hypnotisierten die Küchenschranktür. Sie starrten melancholisch in die Näpfe, in denen ihr Futter schmorte. Dann begannen sie zu leiden. Sie miauten ihr Leid frei heraus. Sie brachen auf dem Boden zusammen: „Hier liegen wir, wir können nicht anders." Wann kapituliert der Mensch? Irgendwann hatten sie mich so weit. Wieder verschwand der Knabberkram in grau gestreiften Katzenkörpern.

Die Wende kam beim Dosieren für die nächste Wurm-Prophylaxe. Wie viel wiegen die Katzen? „?? – !!!!!" Wir wollen nicht, dass unsere Katzen platzen. Seitdem gibt es bei mir diese Standfestigkeit, aus der Einsicht geboren. Seitdem grassiert auch wieder das Leid. „Miiiiiiiiiiiiiiiiiiiiiiiiiiaoo!"

Ein Tierarztbesuch

Manchmal widerfährt meiner Katze ein Date, für das sie wenig Freude zeigt: Louisa hat einen Termin beim Tierarzt. Diesen Gang legen Katzen am besten in der eigens dafür konzipierten Transportbox zurück. Es gibt sie passend für jeden Bauchumfang. Ich nehme also die erwählte Box und befülle sie mit dem Fellträger. Klingt vom Ansatz her ganz einfach. Nur leider fehlt meistens die Zustimmung durch den künftigen Boxeninhalt. Schon das behutsamste Öffnen der Tür, hinter der die Körbe lagern, löst eine erstaunliche Wirkung aus. Was sonst als leiser Ton höchstens Louisas Ohrenspitzen streichelt, dringt ihr nun wie eine Explosion direkt in den Hypothalamus: Wommm!! Die Tür zu den Boxen wurde geöffnet!! Für die konditionierte Katze kann das nur bedeuten: Nichts wie weg, und das sofort. Und wo vorher friedlich eine entspannte Mieze schlummerte, ist nur noch eine Schwanzspitze zu sehen, die eiligst ins Freie strebt. Daher ist es angeraten, noch vor dem Öffnen bewusster Tür alle Ausgänge ins Freie zu verschließen.

War das rechtzeitig erfolgt, ist das Fahndungsgebiet überschaubar. Man suche unter Sesseln, Schränken und sonstigen Möbelstücken. Die Trefferquote steigt mit der Unzugänglichkeit des Verstecks. Im hintersten Winkel wird man die Katze endlich orten, mit dem Teppichboden verschmolzen, die Krallen ins Wollwerk eingedübelt. Auf Freiwilligkeit kann ich hier nicht setzen, daher schiebe ich den Körper gegen den Strich der Widerhaken und löse sie aus dem Untergrund. Und dann nichts wie rein in die Box? Das wünscht sich der Mensch, Louisa wünscht es nicht. Man benötigt eine Strategie, um zum Ziel zu kommen. Der Ablauf sieht folgendermaßen aus: Katze unter den Achseln ergreifen, sich rückwärts im Schleichgang dem hochkant stehenden Behältnis nähern, auf jeden Fall Sichtkontakt zwischen Katze und Box vermeiden, schwungvolle Drehung zur Öffnung – und Katze reinfallen lassen. Das blitzschnelle Schließen der Tür nicht vergessen.

Wenn die Katze denn drin ist. Meistens klappt das nicht auf Anhieb. Seltsamerweise benötigt ein Tier von 20 Zentimetern Breite nun eine Öffnung von bestimmt einem halben Meter. Betrachtet man das kätzische Skelett-System, so wird man feststellen können, dass alle vier Beine nach unten zeigen. Sie lassen sich zwar in verschieden großen Winkeln vor und zurück verstellen, aber nicht nennenswert nach außen. Es wird wohl Louisas Geheimnis bleiben, mit welcher Methode sie es schafft, ihre vier Extremitäten so zum seitlichen Spagat zu formieren, dass die Beine den Körper mit 180 Grad verlassen. Will heißen, aus dem ursprünglich dreidimensionalen Katzenkörper wird ein sperriger Bettvorleger.

Habe ich es endlich geschafft und Louisa ist hinter Schloss und Riegel, verlässt ihren Körper spontan Geschrei, das jegliche Vorfreude vermissen lässt: „Maouoooo … Maouoooo …" Laute, von denen man nie vermuten würde, dass sie in Katzen produziert werden können. Nichtsdestotrotz verfrachte ich den Korb ins Auto und meditiere, um Nervenstärke zu erlangen. Die Sirene bleibt auf Dauerton, bis zum Behandlungstisch.

Und siehe da: Was vorher nicht rein wollte, will nun nicht raus. Wie die Schnecke mit ihrem Haus, so scheint die Katze mit dem Behältnis zu verwachsen. Der Sirenenton ist abgestellt. Grabesstille herrscht im Korb. Sichtkontakt wird ignoriert: Leider keiner zu Hause. Mindestens vier Hände sind nötig, um die Patientin ihrer Trutzburg zu entreißen. Es soll Katzen geben, die versetzen den Tierarzt in den Zustand der Krankenhausreife. Louisa gehört nicht dazu, sie bleibt glücklicherweise höflich. Ihr Missfallen äußerst sich in anderer Form: Sie fusselt Fell in großen Mengen ab. Der kleine Piks der Spritze wird gar nicht registriert. Nur schnell zurück in den sonst so verhassten Korb, das ist jetzt ihr einziger Wunsch. Doch vorher gibt es noch einen peinlichen Moment: Louisa muss auf die Waage. Trotz des Spontan-Verlustes von gefühlten drei Kilo Fell zeigt die Nadel seltsamerweise das Gewicht von zwei Katzen an.

So wird neben dem jammernden Pelztier auch ein Diätplan den Heimweg antreten. Und während ich, endlich zu Hause angekommen, ermattet in den Sessel sinke, streift mich ein verständnisloser Blick aus großen Katzenaugen. Dann widmet sich Louisa lustvoll ihrem Futternapf.

Tapetenwechsel

Der Kratzbaum. Keine Katzenhaltung ohne ihn. Wichtigstes Utensil, um die Wohnungseinrichtung zu retten und das Glück der Katzen zu sichern. Das will mir ein Katalog für Tierbedarf suggerieren. „Gönnen Sie Ihrer Katze das Vergnügen des erlaubten Kratzens. Schenken Sie ihr das Erlebnis der kuscheligen Höhlen in blauem oder beigem Plüsch. Lassen Sie Ihre Katze aus lichter Höhe die Umgebung betrachten. Und fortan wird sie nie wieder die Krallen an Möbeln und Sonstigem wetzen und ewig dankbar sein." Ja, so steht es da. Zumindest sinngemäß.

Wir haben drei Katzen und keinen Kratzbaum. Blau und Beige harmonieren nicht mit unseren Möbeln. Für die lichte Höhe gibt es Schränke. Das Kuschelige holen sie sich ohnehin in unseren Betten. Und das Kratzen? Natürlich wollen wir das Glück unserer Katzen. Wir gönnen ihnen das Kratzerlebnis. Schließlich ist das Kratzen wichtig, nicht irgendein simpler Vorgang.

Haben Sie schon mal eine Katze beim Kratzen studiert? Es geht über den Zweck des Krallenschärfens meilenweit hinaus. Gerät zur Verrichtung mit meditativem Charakter, zum magischen Moment. Es erhebt die Katze in höhere Sphären und lässt sie selbstbewusst und neu geerdet zurück. Rado ergo sum. Ich kratze, also bin ich. Auch unsere Katzen sollen sein. Sie sollen sein, so oft sie wollen. Aber das, bitte schön, im Garten. Dort gibt es richtige Bäume. Bäume mit dicken, kratzfreundlichen Stämmen. Bio-Kratzbäume in frischer Luft, ideal geeignet für die Kombination Katzen & Kratzen. Mehr können sie doch nicht wollen.

Früher, ja, da hatten wir uns mal überzeugen lassen. Nicht unbedingt vom Kratzbaum. Wir entschieden uns für die abgespeckte Version, kauften ein Kratzbrett und brachten es mit großen Erwartungen an. Unsere damaligen Katzen fanden das Ding ganz cool, schnüffelten daran und schubberten mit ihren Köpfen am rauen Sisal. Doch sie führten es nicht der gedachten Bestimmung zu. Gekratzt wurde, wie vordem, am Sofa, am Tischbein, am Schrank. Das Kratzbrett jedenfalls war für die Katz. Dann kam die nächste Schnurr-Generation. Neue Katzen, neues Glück. Auch in puncto Erziehung. Besonderer Schwerpunkt: Kratzenthaltung im Haus. Also weder Kratzbaum noch Kratzbrett. Zum Kratzen ab in den Garten! Mit unserer Vorstellung korrespondierten sie nicht. Die Bäume benutzten sie zwar zum Klettern. Doch zum Kratzen? Zuerst übten sie auf dem Teppich. Und dann entdeckten sie die Tapeten. Raufaser: gute Haftung für Katzenkrallen, bestes Kratzergebnis, sofort sichtbarer Erfolg.

Wie oft tapeziert der Durchschnittsmensch? Wir waren reif für das Guinnessbuch der Rekorde. Kaum klebten die neuen Tapeten, waren noch nicht einmal getrocknet, da bliesen die Katzen zum Halali. Kratz. Fledder. Reiß. Von den Wänden hingen die Streifen wie Zweige einer Trauerweide. Auf drei getigerten Pelzgesichtern machte sich tiefste Zufriedenheit breit. Irgendwann hatte ich endlich genug. Was zu viel ist, ist zu viel. Ich war bereit für den Kampf. Not macht erfinderisch, sie ist die Mutter guter Ideen. Ich brach auf ins nächste Fliesengeschäft und kam schwer beladen zurück.

Bald saßen da drei Katzen, die neugierig die Arbeit meines Mannes verfolgten („Aaah, neue Tapeten …?!") und die schon untereinander würfelten, wer die ersten Spuren setzen würde. Drei Katzen, die bald fassungslos abrutschten an wunderschönen Fliesen, die unseren Räumen nun eine neue Note geben und Besuchern stets Bewunderung entlocken: „Das sieht fantastisch aus. Wie seid ihr denn darauf gekommen?"

Kleiner unbedeutender Nachtrag: Seit ein paar Tagen fallen mir Holzspäne auf. Sie liegen als helle Häufchen auf dem Teppich vor dem Schrank. Vor meinem echten Jugendstil-Schrank. Ich

hatte lange für den Schrank gespart. Und ihn garantiert holz-
wurmfrei erworben. Nun sieht es aus, als wären doch welche
am Werk. Holzwürmer mit Presslufthämmern. Der Schrank
zeigt schon deutliche Kerben. Man könnte sie auch KRATZ-
SPUREN nennen.

Wo ist der Katalog?!!!

Flohzirkus

Ab und zu kommt es vor, dass Katzen etwas tragen. In den meisten Fällen werden das Mäuse sein. Dieses Tragen macht die Katze selbstbestimmt und gerne. Doch manchmal wird sie unfreiwillig zum Transport benutzt. Die Katze trägt dann etwas, das weder sie noch sonst jemand will.

Als wir damals zwei Katerchen aus dem Tierheim holten, war die Welt noch in Ordnung. Dann beschlossen wir, den beiden Tigern eine Katzendame hinzuzufügen. Und damit fing alles an. Minnie war sechs Wochen alt, als wir sie von einem Scheunenboden retteten. Dass sie klein und mickrig war, machte uns wenig Sorgen. Wir gaben ihr Babybrei und Beefhack und nach kurzer Zeit hatte sie ihr Gewicht verdoppelt.

Doch sie trug etwas in unser Heim, das sich ebenfalls verdoppelte und dann verdreifachte und vervielfachte. Minnie hatte aus der Scheune Flöhe mitgebracht. Sie hatten sich anfangs gut getarnt. Schwarze Untermieter auf einer schwarzen Katze. Verschlagen hockten sie im Untergrund und schielten heimlich durch den Urwald aus dunklem Katzenfell. Doch bald reichte der Platz auf Minnie nicht aus und die Flöhe machten sich auf, Neuland zu erobern. Freudig siedelten sie sich auf den beiden Katern an und widmeten sich auch dort einer weiteren Vermehrung. Und als alle Katzenflächen an Übervölkerung litten, emigrierten sie auf uns, obwohl ein Menschenbein für einen Katzenfloh nur zweite Wahl sein kann.

Zum Erbrüten weiterer Generationen nutzten sie bald unser ganzes Haus. Besonders auf den Teppichen fühlten sie sich wohl. Betraten wir ein Zimmer, dann sprangen uns aus allen Richtungen hungrige Flöhe an. Sie nutzten ihre Grundbegabung und bissen uns skrupellos in die Waden. Bald kratzten sich nicht nur die Katzen. Wir versuchten uns in Gegenmaßnahmen. Doch der Staubsauger kapitulierte und nicht die aufsässigen Flöhe. Sie krallten sich in den Teppichboden, bis der Sog vorüber war, und hüpften danach gereinigt weiter. Unser Haus war fest in der Hand des Ungeziefers.

Ein Besuch beim Tierarzt brachte nur vage Hoffnung. Die Katzen waren noch zu jung für die gebräuchliche Flohbekämpfung, als da wären Halsband oder Tropfen. Lediglich ein Flohbad konnte uns empfohlen werden. Damit man es richtig versteht: Dabei werden nicht nur die Flöhe gebadet, sondern die kompletten Katzen. Für die Flöhe soll das tödlich enden, was eine normal empfindende Katze beim Kontakt mit Wasser ebenfalls befürchtet. Kritisch verfolgten die Schnurrer unsere Vorbereitungen.

Meine bessere Hälfte stellte sich der Herausforderung mit betonter Coolness. Kater Murphy hatte Pech, er stand dem Flohbad am nächsten. Tatkräftige Männerhände griffen den verdutzten Kater und steckten ihn in das Wännchen. Murphys Augen wurden groß vor Entsetzen und spiegelten starke Verwirrung wider. Zum Standbild paralysiert, überließ er sich der Prozedur. Den vermuteten Mordanschlag realisierte er erst, als er bereits zum Trocknen in einem Handtuch steckte. Da war es längst zu spät für einen wirkungsvollen Protest und so unterließ er auch diesen. Ein Erfolg, der meinen Mann um Zentimeter wachsen ließ.

Mit überlegenem Lächeln hinsichtlich meiner Bedenken griff der tapfere Katzenbezwinger nach Tabby, dem nächsten Aspiranten. Kaum hatten Tabbys Sohlen mit dem Nass Erstkontakt aufgenommen, erfolgte in Nanosekunden die Weiterleitung dieser Empfindung an seine Schaltzentrale, die wiederum den Befehl ausgab: Sofort explodieren! Wenn ein Kater mit den Füßen im Wasser in Menschenhänden explodiert, dann ergibt das eine Eruption von beträchtlichem Ausmaß mit unvorhersehbaren Folgen. Das Wasser befand sich urplötzlich außerhalb der Wanne und hinterließ neben einem durchnässten Zimmer einen flohbadgetränkten Bademeister. Anders als dem schwergängig denkenden Murphy war Tabby ein wilderes Temperament beschieden. Er schlitterte über den nassen Boden, schüttelte angewidert die Tropfen von den Pfoten und flüchtete durch die Katzenluke. Damit war die Aktion notgedrungen abgebrochen. Ich holte den Erste-Hilfe-Koffer und verpflasterte meinen Angetrauten. Dem blieb immerhin der Trost, nun frei von Flöhen zu sein.

Einige Wochen später waren die Katzen erwachsen und trugen ein Flohhalsband. Wir versprühten überall ein Insektenspray, die noch verbliebenen Flöhe schwenkten die weiße Fahne und verließen fluchtartig das Haus auf unbekannten Pfaden. Und endlich war Schluss mit dem Flohzirkus.

Falscher Hase

Feiertage – jedes Jahr wiederholen sie sich. So auch das Osterfest. Und wenn man zum Team einer Zeitung gehört, ergibt sich ebenfalls der Auftrag, dieses Ereignis wiederkehrend und trotzdem in neuer Form zu behandeln.

Ein Osterrezept sollte diesmal erscheinen und den geschätzten Lesern helfen, das Fest kulinarisch umzusetzen. Und was wäre mehr geeignet als das Gericht des „Falschen Hasen"? Ein Rezept, das sich letztendlich als Hackbraten outet, der zwecks österlichem Flair gekochte Eier in sich trägt.

Nun ist es mit der reinen Nennung der Zutaten nicht getan. Ein ansprechendes Foto war ebenfalls vonnöten. So ein schnöder Fleischklops gibt an schöner Optik nun einmal nicht viel her. Und einen Hasen in Feld und Flur fotografisch zur Strecke zu bringen, war auch der falsche Handlungsansatz. Verständlicherweise würde Meister Lampe sich kaum freiwillig knipsen lassen und schon gar nicht für ein so sensibles Thema, wenn auch der Braten diesmal nicht aus ihm selbst bestünde. Überlegungen standen folglich an.

Da wollte es das Schicksal, dass während des Denkprozesses Kater Murphy in meinen Blickwinkel lief. Das konnte kein purer Zufall sein. Und in mir wuchs eine Idee heran. Murphy würde das machen! Er würde mit Begeisterung den falschen Hasen geben. Ich war mir ziemlich sicher. Kater Murphy – ein Gemütsvieh, wie man selten eins sieht. Ein richtiger Bauernkater. Trampelig, töffelig, tollpatschig. Dazu farblich in Weiß mit passendem Ostergelb gehalten. Er war der ideale Kandidat. Und ausreichend mit Geduld gesegnet, um das Spielchen mitzuspielen.

Doch wie macht man aus einem Kater, der weder Hase noch Hackbraten ist, ein annehmbares Double? Die Hackbraten-Variante schied von vornherein aus. Blieb also der Hasen-Look. Dazu braucht man große Ohren. So richtig typische Hasenohren, das primäre Merkmal von Meister Lampe. Ich schnitt sie aus braunem Karton. Mittels eines Gummibandes wurden sie haltbar am runden Katerkopf fixiert. Und dann ging es ab zum Foto-Shooting. Ein österliches Ambiente bot sich in meinem Garten, wo gerade die Krokusse blühten. Ich platzierte den hasenbeohrten Kater dekorativ im Krokusbeet. Er guckte nur schicksalsergeben und formulierte keinen Widerstand.

Die Fotos waren schnell erstellt; ich war bereit, dem Kater den Kopfschmuck abzunehmen, da entschied sich Murphy anders. Er rannte einfach weg. Blitzschnell. Wie ein Hase. So schnell, dass ich ihm nicht folgen konnte. In mir spulte spontan ein Film ab. Ob Lustspiel oder Drama, das würde sich noch zeigen. Ich sah im Geiste den Kater, wie er mit seinen Hasenohren durch den Ort marschierte, und hörte schon das Gelächter der Leute. Sie kannten meinen Kater. Sie wussten, wem er gehört. Würde ich mich später im Dorf noch blicken lassen können? Kater Murphy, zu Ostern dekoriert mit Hasenohren! Welchen Eindruck musste das machen, welche Vorstellungen erwecken? War das der neueste Trend? Würden auch andere Katzenbesitzer ihre Miezen mit Pappohren schmücken? Oder würde Murphy dem Spott seiner Artgenossen begegnen? Und würde das Folgen haben für seine Katerpsyche?

Doch urplötzlich besann er sich darauf, wieder ein Kater zu sein und kein Hase. Hasen klettern nicht auf Bäume, Katzen schon und das häufig und gerne. Mit Macht überkam ihn die Erkenntnis. Und so folgte er dieser Einsicht, er erklomm den nächsten Baum. Glücklicherweise in unserem Garten. Dort saß er nun mit seinen Ohren und war um nichts zu bewegen, sich wieder gen Erdboden zu orientieren. Ich rief und lockte ihn. Doch er saß auf dem obersten Ast, homogen mit dem Blattwerk verwoben. Ausdauernd lange und andauernd zufrieden. Gelangweilt und mit mildem Blick sah er auf mich herab. Und ich konnte meinen Platz nicht verlassen, solange ihn diese Ohren zierten. Ich saß im Gras und bewachte den

Baum. Es verging eine lange Zeit. Und dann fiel es mir doch noch ein, dieses Zaubermittel. Ich nannte ihm die Futtermarke, für die unsere Katzen ihr letztes Schnurrhaar opfern würden, und rief dieses Wort, dieses bekannte und magische Wort, dem aufhorchenden Kater zu. Er kam vom Baum und ich nahm ihm die Ohren ab und wir gingen, um seinen Napf zu füllen, und alles war wieder gut.

Frohe Ostern!

Der katzegorische Imperativ

Mach mir mal ein Fischdöschen auf, sagt mein Kater gerade zu mir. Natürlich kleidet er das nicht in gesetzte Worte, er formuliert es auf seine Art. Nonverbal, doch unmissverständlich. Es gibt nicht den geringsten Zweifel an seiner Forderung. Wobei Katzen auch in der Lage sind, ihre Wünsche in Laute umzuformen. Sie entwickelten eine eigens für Menschen konzipierte Sprache. Die umfasst Murr-, Schnurr-, Knurr- und Brummtöne.

Auch Schnaufen kann eine Meinung beschreiben. Und das klassische Miau drückt die Dringlichkeit der Sache in unterschiedlichen Frequenzen aus. Besonders effektiv ist hier das stumme Miau. Die Katze sieht dich an mit von Tragik umflortem Blick, was auf Schwäche hindeuten soll, die nur gemildert werden kann durch die Gabe des Lieblingsfutters. Mit scheinbar letzter Kraft öffnet sie das Mäulchen, entlässt aber keinen Ton. Normalerweise ist das der Moment, wo man als Katzenbesitzer überflutet wird von Mitgefühl.

Selbstredend weiß die Katze um diese wirkungsvolle Waffe. Ansonsten leitet der Gestus der Katzen den Menschen auf die richtige Bahn. Und das mit ausgewiesenem Nachdruck. Denn Katzen bitten nicht, sie fordern. Sie fordern im Imperativ. Im katzegorischen Imperativ: Handle stets so, dass es für dich zum Besten ist. Das umschließt alle Bereiche, insbesondere die Futterzufuhr. In diesem Augenblick besagtes Thunfischdöschen.

Als der Kater zu uns zog, waren seine Ansprüche relativ bescheiden und noch nicht so verfeinert. Als ehemalige Tierheimkatze hatte er nicht gelernt, besonders kritisch zu sein. Später kamen die Mädels dazu. Sie waren mickrig wie Ratten, die Schwänze dünn wie Pfeifenputzer. Trotzdem waren sie wählerisch. Sie verstanden sich aufs Manipulieren. Was sie nicht mochten, fraßen sie nicht. Sie hatten einen exquisiten Geschmack. Wir wollten nicht ewig Katzen mit Pfeifenputzerschwänzen. Wir wählten das kleinere Übel. Es kamen deshalb nur Dosen ihrer

noblen Lieblingsmarke ins Haus. Wir füllten die Näpfe mit
dem Futter ihrer Wahl, sie füllten ihre leeren Fettdepots bis
hin zu ansprechenden Konturen.
Katzen sind von Natur aus ja ziemlich stimmig designed.
Schlanke Beine finden ihre Entsprechung in einem grazilen,
ranken Körper. Zur idealen Gestaltgebung ragt hinten der
Schwanz heraus. Die Norm der Form ist bei unseren Katzen
inzwischen übererfüllt, die Waage spricht eine deutliche Sprache. Trotzdem bin ich den Schnurrern rettungslos ergeben.
Einer perfekt fordernden Katze hab ich nichts entgegenzu-
setzen. Dabei sind Katzen, rein wirtschaftlich betrachtet, im
Grunde völlig nutzlos. Sie tragen keine Lasten, bewachen kein
Haus, geben weder Milch noch Wolle. Und die gefangenen
Mäuse lassen sie wieder im Wohnzimmer frei.
Nun steht der Kater vor mir und fordert sein Thunfisch-
döschen ein. Er hat inzwischen gelernt, seine Ansprüche aus-
zubauen, die Mädels waren ein nachahmenswertes Beispiel.
Selbstredend greifen meine Hände zum gewünschten Objekt.
Er nimmt es hoheitsvoll an und sagt nicht einmal danke. Da-
nach begibt er sich aufs Sofa, bildet zwischen den Kissen einen
entspannten Katzenkringel und verschmilzt optisch mit dem
Stoff der Polster. Was kaum ein Wunder ist. Unsere Tiger tragen
ihr Fell in den Farben Grau und Schwarz mit einem geringen
Weißanteil. Der Mischwert ergibt ein gedecktes Grau. Ein
Farbton, der sich bewusst in den Polstern wiederfindet. Denn
Katzen benutzen Möbel mit nachdrücklichem Selbstverständ-
nis. Und nicht nur das. Sie hinterlassen eine haarige Visitenkar-
te. Das abgefusselte Fell einer mischwertig grauen Katze wird
auf einem grauen Sofa eine optische Reinheit vortäuschen, die
erst bei näherer Betrachtung den wahren Zustand offenbart.
Folglich war es keine Frage, dass wir beim Kauf unserer Möbel
die Farbe der Katzen mit einbezogen.
Auch bei der Wahl unserer Kleidung tragen wir dem Katzenfell Rechnung. Denn die Tiger sitzen nicht nur auf unbeseelten

Sofas. Kaum haben wir uns selber gemütlich ausgestreckt, sind wir von Katzen bedeckt. Wobei der Behaglichkeitsfaktor eindeutig auf deren Seite liegt.

Ich denke schon längst nicht mehr an den Notarzt, wenn mein Mann ächzt: „Ich hab so einen Druck auf der Brust!" Es ist nur der Kater, der ihm den Thorax quetscht. Doch bald wird sich der Druck in Richtung Futternapf bewegen. Dann heißt es wieder: Mach mal!

Im katzegorischen Imperativ.

Katzenwäsche

Der Kater lümmelt auf dem Sofa. Gefangen in zartem Schlummer, im Traum beglückt durch das Erfolgserlebnis einer frisch gefangenen Maus. Die Pfoten zucken in stolzem Triumph. Seine Nase wittert verlangend imaginären Mäuseduft. UND DANN DAS! In die ihn umwabernden Glücksgefühle dringt unerbittlich ein Geräusch: das Geräusch meiner Schritte in Richtung Waschmaschine, für ihn ein akustisches Signal zur Pflichterfüllung. Aus die Maus. Dienstbeginn. Denn ist mein Gang auch noch so leise, mein Vorgehen noch so behutsam – das Betreten des Waschraumes ruft zeitgleich den Kater auf den Plan.

Ich kenne viele Katzen. Aber keine ohne Marotten. Jede frönt einem anderen Spleen, hätschelt ihre speziellen Schrullen. Dass Katzen gerade deshalb besonders liebenswert sind, will ich gar nicht bestreiten. Nur manchmal strengen sie an. Wie unser Kater Leopold. Er hat den Waschmaschinen-Tick. Sehnsuchtsvoll denke ich zurück an eine längst vergangene Zeit. Wir kooperierten miteinander, meine Waschmaschine und ich. In Ermangelung weiterer Arbeitsflächen bot sie mir bereitwillig ihre weiße Oberseite an. Auf ihr durfte ich die gereinigte Wäsche in akkurate Stapel verwandeln und dann den jeweiligen Schränken zuordnen – fertig. Wie man es eben so macht. Schnell und reibungslos. Doch nun ist alles anders. Ich weiß nicht mehr, wann es begann. Plötzlich mischte der Kater mit. Mit Nachdruck machte er mir klar: Ich werde fortan zu Stelle sein und dir bei der Wäsche helfen. Mit Hingabe an die Sache meine Pflicht erfüllen, bis zur Selbstaufgabe und darüber hinaus. So musste ich sein Verhalten deuten. Und tatsächlich ist er ständig in Bereitschaft. Wo immer er gewesen sein mag – bewege ich mich zur Waschmaschine, ist auch der Kater da. Dann läuft stets der gleiche Film. Ein Hops auf die Maschine. Umfallen. Sich ausbreiten. Dabei die Diagonale wählen, um ein Maximum der Fläche mit Leopold zu bedecken. Diesen Einsatz als erbrachte Leistung betrachten und erwarten, belohnt zu werden. Durch Streicheln und nette Worte. Ein Nachlassen wird sofort geahndet durch einen Stups mit der runden Katerstirn.

Schließlich spreche ich ein Machtwort. Es gibt zu viel zu tun, doch es fehlt der Platz dafür. Fast die ganze Arbeitsfläche füllt inzwischen der Kater aus. Komplette Raumverdrängung, entstanden durch Trägheit der Masse. Notgedrungen versuche ich, das Hindernis zu ignorieren. Doch selbst eine liegende Katze ist nun einmal nicht ganz plan. Sie ist zumindest ein wenig konvex. Und Leopold ist sehr konvex. Daraus ergibt sich folgendes Bild: Auf einem getigerten Fellberg balancieren tapfer Wäschetürmchen von fragwürdiger Geometrie und entwickeln, analog zur Atembewegung, ein seltsames Eigenleben. Der Kater fühlt sich nicht gestört. Unerschütterlich liegt er da, um weiter Hingabe zu verströmen. Tiefe Seufzer des Glücks, hin und wieder eingestreut, bringen die Türme gefährlich ins Wanken. Es gibt nicht den geringsten Zweifel: An diesem Job hängt Leopolds Herz. Und letztendlich kleben an der Wäsche viele graue Katerhaare.

Ich könnte energisch werden. Ich könnte ihn einfach aussperren. Kater raus, Tür zu. Ich könnte versuchen, sein Klagen zu überhören. Ich könnte mich gegen das Entsetzen in seinen Augen wappnen. Ich könnte … Bewusst wähle ich den Konjunktiv. Natürlich kann ich das alles nicht. Wer möchte schon seine Katze enttäuschen? Ihre zarte Seele knicken? Ist die Katze gesund, freut sich der Mensch, so heiß es allgemein. Was wiegen dagegen zerdrückte Hemden, befusselte Pullover und ein Mehraufwand an Zeit? Also geht es weiter wie gehabt. Es gibt wesentlich Schlimmeres als einen Kater, der zufrieden aus der Wäsche guckt.

Eine haarige Angelegenheit

Der Pelz der Katzen ist einer ständigen Fluktuation unterworfen. Er wird dichter bei Kälte und fusselt ab bei Wärme. Will heißen, im Frühjahr wechselt eine Katze ihren Wintermantel in ein leichteres Outfit. Mit ihrer Zunge als Kleiderbürste entfernt sie die losen Haare, weiß nicht so recht, wohin damit, und stopft sie erst einmal in ihren Magen. Dort sammeln sie sich an. Und der Magen fragt sich verdutzt: Was wollen die eigentlich hier? Er kann sie nicht verwenden. Deshalb wieder raus damit. Der Magen benachrichtigt also die Katze und die begibt sich in das Reich der Physik. Zuerst einmal ändert sie ihre Mimik. Die wird starr und konzentriert. Die Augen blicken glasig ins Leere. Dann krümmt sie ihren Körper, wird hohlwangig um die Leibesmitte und produziert rhythmisch im Schlund einen Unterdruck. Ein Geräusch entsteht, das mit „Uuuuä Uuuuä" nur unzureichend beschrieben wird. Es kommt dem Saugröcheln am nächsten, verursacht von diesem Gerät, das der Mensch benutzt, um verstopfte Abflüsse wieder gangbar zu machen. Der Volksmund nennt es Pümpel.

Die Katze macht also „Uuuuä Uuuuä", zieht die Flanken ein bis zur Wespentaille, krümmt den Rücken extrem nach oben und starrt, wie gesagt, ins Nirgendwo. Spätestens jetzt, entsetzt und zu Tode erschrocken, wird ein unerfahrener Katzenbesitzer nur den einen Schluss ziehen können: Mein Gott, sie stirbt! Wo ist der Tierarzt? Aber keine Bange – der kleine Liebling hat alles im Griff. Nach mehrmaligem Krümmen ist es so weit: Ein Gewölle verlässt die pümpelnde Katze, als Deko verziert mit Grashälmchen, die sie vorher gefressen hat, um das ästhetische Empfinden des Betrachters positiv zu bedienen. Ist es nun gut? Nein. Die Katze legt noch einmal nach. Zwei bis drei Durchgänge sind normal. Danach ist sie zufrieden und geht wieder ihrer Wege. An der Beseitigung ihrer Produkte ist sie nicht mehr interessiert.

Um den Vorgang des Entleerens zu perfektionieren, bedarf es entsprechender Übung. Die erreicht die Katze, indem sie auch die Futteraufnahme für diese Zwecke nutzt. Dabei bedient sie sich der Formel $E = mc^2$: Werden massenhaft Futterbröckchen in Lichtgeschwindigkeit verdrückt, steigt die potenzielle Energie, mit der die Katze den Boden einsaut. Denn wird das Futter zu schnell zugeführt, verweigert der Pförtner die Annahme und die Sendung geht retour. (Was nur wenige Menschen wissen: Einstein beobachtete seine Katze und schrieb dann nur noch die Formel nieder. So brachten die Katzen ihn zum Erfolg.)

Die Katze gibt also ihren Inhalt ab. Man könnte glauben, dass sie so verfährt: Sie spürt das innere Drängen, sucht sich ein abgelegenes Eckchen auf pflegeleichtem Untergrund und bringt die haarige Sache schnell und diskret zu Ende. Aber was macht die Katze? Sie wird extrem gemein. Sie fängt an zu verteilen. Sie beschränkt sich nicht auf ein Häufchen. Nein. Sie kreiert ein fantasievolles Muster für den Teppich. Jeder Durchlauf wird woanders platziert. Ein Häufchen hier, das andere dort, wild über das Flauschwerk verstreut. Moment mal …? Jawohl. Die Katze zeigt einen Hang zum Luxus. Warum kalte, glatte Fliesen, wenn es weicher geht? Die Wohnung hat Parkett? Nur ein paar Teppich-Inselchen für das menschliche Wohlbefinden? Macht nichts. Sie wird sich genau diese Inselchen suchen. Immer schön auf dem Teppich bleiben, sagt sich die sendungsbewusste Katze. Notfalls wird's auch die Fußmatte tun.

Und hieraus erwächst ein Problem. Es kommt zu einem Interessenkonflikt. Wer eine ordentliche Wohnung haben will, muss sich darauf verlassen dürfen, dass sie artgerecht behandelt wird. Sich entleerende Katzen tun das nicht. Sie sind bar jeden Mitgefühls. Mit der Wohnung und mit den Menschen. Mieze wird mit Grazie die Schandflecke umrunden, möglicherweise mit einem Blick über die Schulter – tzz, wer ist denn das gewesen? –, und sich den wahrhaft wichtigen Dingen ihres Katzenkosmos' widmen, als da sind Fressen, Schlafen und Fusseln.

In schweren Zeiten braucht man einen Freund, einen Verbündeten, der einem treu zur Seite steht. Es gibt ihn. Es ist die gute Haushaltsrolle. Man greife beim ersten „Uuuuuä" danach und versuche, rechtzeitig ein Blättchen unter die Katze zu halten. Sollte das auf Anhieb nicht klappen – macht nichts, es wird noch viele Gelegenheiten geben, diese Fertigkeit zu erwerben. Solange die Katze lebt und haart.

Gestreifte
Mogelpackung

Man kann ihm alles unterstellen. Nur nicht mangelnde Zielstrebigkeit. Oder war es ein geheimes Wissen, das ihn so handeln ließ? Wusste er mehr als wir? Wusste er, dass wir zusammengehörten?

Bei uns war ein Platz als Katze vakant. Zu unserem Zweierteam suchten wir ein sanftes Miezchen, das sich neben den beiden Katern verträglich präsentierte. Folglich fuhren wir zum Tierheim, zwei Vorgaben präzisiert: weiblich und keinesfalls grau getigert. Nicht dass wir sie nicht mögen, die graue Tigerkatzen. Wir finden sie im Gegenteil ganz besonders reizend. Doch eine frühere Katzengemeinschaft hatte sehr zu leiden gehabt unter dem Machtgebaren ihres grau gestreiften Kollegen. Grautiger sind wild und machen Stress, das hatte er uns gelehrt. Längst war er im Katzhimmel, doch die damalige Erfahrung war noch recht präsent. In Frage kamen folglich alle anderen Farben. Rot, weiß, schwarz – uns war alles lieb. Solange es nicht grauer Streifenlook war. Wir würden bestimmt etwas Passendes finden.

Gleich im Eingangsbereich stand ein Korb mit einem maunzenden Katzenkind, das unwillig versuchte, sich durch das Gitter zu quetschen, und nicht akzeptieren wollte, dass bestenfalls eine Pfote durch die Maschen passte. „Ich möchte diese Katze", sagte mein Sohn entschlossen. Ich glaubte, nicht recht zu hören. Das Kätzchen war entzückend, das stand außer Frage. Alles an ihm war nett. Alles, bis auf das Fell. Es trug unübersehbar schwarze Tigerstreifen auf grauem Untergrund. Ein Grautiger. Klassischer ging es nicht. Genau das, was wir nicht wollten. Kaum war der Wunsch Söhnchens Mund entwichen, erschien eine Mitarbeiterin. Eine solch exakte Formulierung wird hier gern gehört. Allerdings war das Kätzchen frisch eingeliefert worden und musste erst durch den Gesundheits-Check. Doch selbstverständlich würde man es mit Freuden reservieren. Oh nein! So war das keinesfalls gedacht! Doch ein Blick zu meinem

Sohn … Ich kannte sie ja selbst, diese unerwartete Strömung, die innerhalb von Sekunden eine tiefe Verbindung zu einem ganz speziellen Tier schafft. Laut Auskunft war das Tigerchen ein junges Katzenmädchen, also wenigstens kein Kater, und damit möglicherweise die kleinere Katastrophe. Man ahnt es schon: Wir aktivierten den Zuversichts-Modus und ließen es reservieren, das kleine graue Tigerkind. Nach einer Woche sollte der Schnurrer bereit zur Abholung sein. Wir nutzten diese Zeit, um Gefühle der Vorfreude zu kultivieren und alle Skepsis zu verbannen.

Ausgestattet mit Transportbox und gebotenem Fatalismus erschienen wir dann im Heim. Man leitete uns zum Raum der jugendlichen Katzen. Es wimmelte von kleinen Pelzchen in allen verfügbaren Katzenfarben. Das Zimmer wurde beherrscht von einem hohen Kratzbaum, wo auf dem obersten Brett in exponierter Stellung ein graues Tigerchen thronte, das jedoch beim Anblick des geöffneten Katzenkorbes blitzschnell den eroberten Platz verließ und ohne zu zögern in unserer Box verschwand. Wir fanden das sehr lustig. Umso mehr, als wir erfuhren, dass dieses zielorientierte Kätzchen unsere Reservierung war. Auf der Heimfahrt stellten wir Überlegungen nach einem passenden Namen an. Wir entschieden uns für Lucy. So sollte das Kleine heißen.

Schließlich war Lucy in ihrem neuen Zuhause angekommen. Wir öffneten die Boxentür und das Tigerchen begann, ohne Scheu den Raum einzunehmen. Alles prima, schien es zu denken. Es stellte erfreut den Schwanz nach Katzenart steil in die Höhe. Und ich traute meinen Augen nicht. Was hatten wir da ins Haus geholt?!! Denn was gerade dabei war, sein Umfeld zu erobern, war eindeutig keine Katze. Es war ein kleiner Kater. Ein grau getigerter Kater. Der absolute Super-Gau! Ein Blick in Pass und Schutzvertrag untermauerte die Erkenntnis. „Kater" war ausgewiesen. Sofort rief ich im Tierheim an. Man bedauerte den Irrtum und stellte uns frei, die gestreifte Mogelpackung wieder zurückzugeben. Wir sahen das Katerchen an, sahen uns an und dann wieder den kleinen Kater. Zu guter Letzt atmeten wir tief durch. Nun mussten wir ganz tapfer sein, wir hatten keine Chance. Es war eindeutig zu spät. Wir verabschiedeten uns. Wir verabschiedeten uns von dem Namen Lucy und tauften das hinreißende Katerchen auf den Namen Leopold. Dann trugen wir uns als Eigentümer in den Impfpass ein.

Rollenspiel

Eines Tages trat ich durch die Tür und erstarrte in stummem Staunen. Denn es hatte geschneit. Flächendeckend. Ungefähr drei Zentimeter hoch. Nun ist Schnee in unseren Breitengraden ja relativ normal. Aber nicht im Sommer. Und nicht in unserem Bad. Erst auf den zweiten Blick offenbarte sich mir das scheinbare Wunder. Die Flocken waren Papier. Blütenweißes Toilettenpapier. Eine ganze Rolle, akribisch zerlegt in winzigkleine Schnipsel. In der Halterung die leere Hülse, all ihrer hautfreundlich-zarten Lagen beraubt.

Fragen taten sich auf: Wer, wann, warum, wieso? Die Sache bedurfte der Klärung. Wer konnte ein Interesse daran haben, zwei Meter im Quadrat mit dem zu beflocken, was sonst nur intimen Zwecken dient? Mein Verdacht bewegte sich gezielt in eine Richtung. Genauer gesagt: Er fiel auf drei spezielle Mitbewohner. Auf drei kleine Tyrannen und Nervensägen, im Allgemeinen auch Katzen genannt. Gewesen konnte es jede sein. Die Tür zum Bad ist immer offen, denn das Katzenklo steht darin. Der Anblick der Verdächtigen – Katze eins schnurrende Unschuld, Katze zwei bettelnde Unschuld, der Kater schlummernde Unschuld – war wenig aussagekräftig. Alles so normal wie immer. Nun passt Toilettenpapier auch nicht zwingend ins Beuteschema einer Katze, noch geht von ihm Gefahr für Katzenleib und -leben aus. Und an der Erschaffung von Kunstwerken á la Beuys haben Katzen meines Wissens kein Interesse. Es mangelte also an einem Grund, doch der Tatbestand war unübersehbar gegeben.

Wie überführt man am besten einen Täter? Man legt eine Fährte aus, was in diesem Fall dem Einlegen einer neuen Rolle entsprach. Auch schon aus naheliegenden anderen Gründen. Des Weiteren bezog ich so oft wie möglich Position in der Nähe des Örtchens und machte ständige Kontrollgänge in die bewusste Richtung. Mein Mann reagierte leicht irritiert: „Hast du was mit der Blase?" Doch tagsüber blieb alles friedlich. Der Täter schlug zu im Schutze der Nacht. Beziehungsweise in mehreren

Nächten. Denn morgens zeigte sich immer das gleiche Bild: eine leere Papphülse in der Halterung, auf dem Boden die zweckentfremdete Zellulose. Da außer Frage stand, wer die Räumungsarbeiten zu erledigen hatte, war mir an der Aufklärung denkbar viel gelegen. In mir keimte ein winziger Verdacht. War es nicht der Kater, der neuerdings verdächtig oft den Tag verschlief? Doch ein Verdacht ist kein Beweis. In dubio pro Leo.

Und dann, nach einer Woche Schneegestöber, schlug endlich die Stunde der Wahrheit. Sie schlug, als ich gerade unter der Dusche stand. Eine schlechte Position für große Aktionen. Ein Leisetreter schlich ins Bad – in unlauterer Absicht, wie sich gleich zeigte. Hatte ich es doch geahnt! Verlangendes Glitzern in Kateraugen, erwartungsvolles Leuchten im Katerblick. Ein Hops auf den Toilettendeckel. Das Opfer einmal kurz fixiert. Und dann begann er sein schmachvolles Tun. Ohne Schuldgefühl, Scham, Gewissensnot. Er begab sich in die Position eines Karnickels, das gerade Männchen macht, hakte seine Krallen ins unterste Blatt, griff abwechselnd rechts- und linkspfotig nach und brachte die Rolle somit in Rotation mit ziemlich hoher Drehzahl. Nach Sekunden gähnte in der Halterung die vertraute Leere, auf dem Boden ringelten sich Schlangen aus Papier. Nach einem Tigersprung in die weiche Pracht setzte mit der Präzision eines Reißwolfs das Zerfetzen und Zerbeißen ein. Mein „Nein!" prallte wirkungslos ab an einem dicken Panzer aus Eifer, Hingabe und Katerfell. Erziehungsversuche bei Katzen? Da kann man nur verlieren.

Trotzdem: Von nun an hatte Schluss zu sein mit dem frevelhaften Treiben. Kein „Pas de deux" mehr für Rolle und Kater. Das Papier brauchte einen anderen Platz. Jedenfalls musste es raus aus der Halterung. Eine neue Lösung war gefragt. Wie weit reichen Katzenaugen, wie weit greifen Katzentatzen? Wir fanden schließlich ein Versteck, das nur mit Insiderwissen zu entdecken ist. Gäste haben das meistens nicht.

Denken Sie sich also im Bedarfsfall bitte nichts dabei, wenn wir etwas seltsam werden. Wenn wir Sie, an Ihren Fersen klebend, anhänglich bis ins Örtchen begleiten und – leise, leise – im höchsten Fach des Regals die Handtücher zur Seite räumen. Ihr Befremden wird sich dann hoffentlich legen, wenn wir erklärend nach oben deuten: „Die Rolle liegt da hinten …"

Doch die Flocken in unserem Bad sind nun endgültig Schnee von gestern.

Katertag

Was da aus der Schnauze des Katers blinzelte, sah nicht nach Dosenfutter aus. Dosenfutter ist nicht befiedert. Es war eine kleine Meise. Der Kater trug sie in seinem Maul. Mit stolzgeschwellter Brust und hocherhobenen Hauptes. Wie hatte er das geschafft? Seine Jagdstrecke war bislang eher kurz: Ein paar gefundene tote Mäuse und träge Libellen, die er sich von den Schilfhalmen am Ufer unseres Gartenteichs pflückte. Er war mehr Sammler als Jäger.

Ich trat in Kommunikation mit ihm, von verständlicher Sorge getrieben, und forderte die Herausgabe der Beute. Vorsichtig und auf der Stelle. Schließlich ist das Ganze mehr als die Summe seiner Teile. – Wie, wo, was …? Schieres Entsetzen kräuselte die Katerstirn. In seiner Seele tobte der Kampf. Verzicht auf seinen Fang? Auf seinen Triumph, sein Meisterstück? Widerwillig klappte er das Scharnier seiner Kieferknochen auf und spuckte die Meise in meine hohle Hand. Ein Flaumbällchen. Federleicht und winzig. Ein kleines Meisenkind. Und es war heil und munter. Nicht eine einzige Feder hatte der Kater ihm gekrümmt. Das Meisenkind sagte nicht einmal piep. Ich setzte es auf die Gartenbank und sperrte die Katzen weg. Es dauerte nur wenige Minuten, da erschien auf dem Dach die aufgelöste Meisenmutter. Übergroße Wiedersehensfreude, aus Vorsicht zeitlich knapp bemessen. Nichts wie weg von hier. Mama lockte, das Meischen folgte mit kleinen Hopsern und meterkurzen Flugversuchen. Aufatmen bei Meisen und Menschen. Frustration bei den Katzen.

Viele Stunden später. Man sollte es nicht glauben. Wieder umspielten zarte Federchen die Lefzen des stolzen Katers. Selig schleppte er seine Trophäe. Die Erfüllung seiner Träume. Heute war sein Tag. Denn endlich gehörte auch er dazu. Er hatte sich eingereiht in die Riege der tapferen Jäger. „Leopold, gib her!" Meine unmissverständlichen Worte rissen ihn brutal aus dem Siegestaumel. Der Piepmatz war wieder unversehrt. Dann wiederholte sich die Vortags-Prozedur. Auf der Dachrinne saß schon die genervte Meisenmutter. Routiniert nahm sie ihr Kind in Empfang. Hinter der Scheibe maulten die kasernierten Katzen.

Sie blieben ab jetzt im Haus. Man soll das Glück nicht zu sehr strapazieren. Und die Vorsicht zahlte sich aus: Am kommenden Morgen war er wieder da, unser Meisenknabe. Mit unbeschwerten, fröhlichen Hüpfern bewegte er sich durch den Garten in Richtung Terrassentür. Dahinter die Katzen – voller Groll auf die Scheibe, die verhinderte, dass zusammenkam, was nach ihrer Meinung zusammengehörte.

Mama Meise war entsetzt. Sie sah ihren Sohn schon als Beilage auf dem Katzen-Frühstücksbüffet und befahl den sofortigen Rückzug. Sie flatterte, schimpfte, lockte. Versprach ihm alle Würmchen der Welt. Der Kleine zeigte sich unbeeindruckt. Zielstrebig hopste er weiter auf seinem eingeschlagenen Weg. Genau bis vor die Scheibe, hinter der die Katzen hyperventilierten. Die Meisenmutter tobte und flehte. Die Katzen hechelten und heulten. Der Federball barst fast vor Übermut. Mama Meise war kurz vorm Kollaps. Endlich zeigte ihr Söhnchen Einsicht, hüpfflatterte zurück zur Mutter und verschwand mit ihr im Dickicht. Unsere guten Wünsche begleiteten das Paar. Wir haben die beiden nie mehr gesehen.

Doch für den Kater änderte sich alles. Er hatte den Durchbruch geschafft. Das Zeugnis seiner Befähigung – für jedermann war es sichtbar gewesen. Das hat sein Lebensgefühl gestärkt. Er, der ruhmreiche Triumphator! Umgeben von der Aura des Erfolgs. Auf dem Haupte ein innerer Lorbeerkranz. Er sitzt heute sehr oft im Garten. Begehrend blickt er hoch zu den Bäumen, in denen es zwitschert und piepst. So nah und doch so unerreichbar fern. Und er träumt zurück zu dem Tag, zu diesem ganz besonderen Tag, als er aufgenommen ward in den Kreis der Eingeweihten und seinen ersten und vermutlich auch einzigen Vogel fing.

Ein mysteriöses Missgeschick

Michelangelo – kann man so einen Kater nennen? Einen Kater, der nicht im italienischen Caprese zur Welt kam, sondern in einem deutschen Pferdestall? Den statt der Fresken in der Sixtinischen Kapelle eher das Fressen in seinem Napf interessierte? Ja, man kann. Sozusagen als Gegenentwurf. Denn die Herkunft des kleinen Tigers war so wenig spektakulär, dass es schon eines großen Namens bedurfte, um ihn gesellschaftlich aufzuwerten. Zumal auch ein schwarzes M, das Initial des großen Meisters, seine graue Katerstirn zierte.

Michelangelo wurde geboren auf einem Bauernhof im Stroh des genannten Stalles zwischen Pferden und anderen Katzen. Er kannte nur das rustikale Umfeld des Gehöfts, als er im zarten Alter von sechs Monaten zum ersten Mal in seinem Leben die Pfoten auf Teppichboden setzte. Als Reaktion auf die geplante Domestizierung versteckte er sich hinterm Sofa, wo er eine Stunde lebte, sich dann aber hoffnungsvoll der restlichen Umgebung zuwandte. Schnell gewöhnte er sich an den höheren Lebensstandard in Form eines stets gefüllten Napfes ohne Konkurrenz und der unbeschränkten Benutzung der Betten seiner neuen Familie. Lediglich in einem Punkt kam es zu leichten Differenzen. Aufgrund der Umstellungsphase auf seine neue Heimat wurde Michelangelo vorübergehend untersagt, eigenmächtig das Haus zu verlassen. Diesem Diktat wollte sich der Kater nicht fügen. Nach einer Überproduktion von Teppichbodenlocken vor der verschlossenen Katzentür und abgefledderten Tapeten hatte er die Familie endlich überzeugt und bekam schnell die Genehmigung für unbeschränkten Ausgang. Den nutzte er mit Vorsicht und Überlegung und kam somit nie zu Schaden.

Das Treffen auf den Familienhund verlief auf beiden Seiten weder erfreulich noch unerfreulich, jedoch nicht ohne gegenseitiges Interesse. Man beäugte sich aus der Ferne, ging erst einmal auf Distanz und sich vorsichtig aus dem Weg. Das ließ sich gut bewerkstelligen, denn jeder hatte seine Präferenzen, was den Aufenthaltsraum betraf. Der Hund schlummerte vorm Sofa, der Kater hielt Wache in der Küche, um den Pegelstand seines Napfes stets im Blickfeld zu behalten und bei sinkender Höhe die Wiederherstellung auf über Normal einzuklagen. Katzen befürchten schnell eine Hungersnot, da empfand Michelangelo nicht anders. Und während der Hund seinen täglichen langen Spaziergang machte, verlustierte sich der Kater im leicht verwilderten Garten, wo er die eine oder andere Maus ins Mäusejenseits schickte. So vermieden sie alle Berührungspunkte.

Bis zu jenem denkwürdigen Tag, an dem beide alleine im Haus waren und auf nicht geklärte Weise ein Blumentopf von der Fensterbank vor die Matte des darauf schlummernden Hundes fiel. Das kostete den Übertopf das Leben und weder Hund noch Kater sahen die Möglichkeit, die Schuld auf andere Anwesende abzuwälzen, weil keine anderen Anwesenden anwesend waren. Wer auch immer als Verursacher des Missgeschickes verantwortlich zeichnete – der Schock auf beiden Seiten musste beträchtlich gewesen sein. Der Inhalt des folgenden Verhandlungsgespräches ist nicht überliefert, das Ergebnis aber war offensichtlich: Einigkeit macht stark, gemeinsames Schicksal verbindet. Vor allem im Hinblick auf eventuelle Konsequenzen.

Und so bot sich den heimkommenden Menschen neben der nicht zu übersehenden Schweinerei auf dem Fußboden ein reines Bild des Friedens und der Verbrüderung. Unter dem Hund (groß) suchte der Kater (klein) Schutz zwischen den langen Hundebeinen. Die befürchteten Verwarnungen hinsichtlich des Angriffes auf die Zimmerpflanze blieben zwar aus, doch zwischen Hund und Kater hatte sich etwas zu entwickeln begonnen: Das zarte Pflänzchen der Freundschaft. Michelangelo verlegte seine Tagesruhe vom Sofa auf die Hundematte, wo beide in engen Fellkontakt traten. Zwischen den großen Hundepfoten schlief der Kater nun am liebsten, was die Zuneigung

mehr und mehr intensivierte und in einer ausgesprochen liebevollen Beziehung gipfelte.

Schließen wir den Kreis mit den Worten des großen Namens-
vetters Michelangelo Buonarroti: „Wer sich mit Liebe wappnet,
überwindet Zorn, Elend, Übermacht und – Missgeschick."

Sternstunden

Wir wollten bauen. Eine Terrasse wünschten wir uns, um den Gesamteindruck unseres Hauses aufs Angenehmste abzurunden. Eine hölzerne sollte es sein, aus warmen wohltuenden Bohlen unter Menschen- und Katzenfüßen. Denn wir leben nicht allein. Drei miauende Mitbewohner bevölkern ebenfalls unser Haus. Um sich dem Vorhaben kraftvoll zu widmen, hatte mein Mann Urlaub genommen. Nun wollte er nach genauem Plan und ungestört das Projekt zur Vollendung führen. Und da mein Angetrauter an Horoskope glaubt, befragte er vor so einer wichtigen Unternehmung vorsorglich die Sterne.

Sie sind von Helfern umgeben, die Sie nicht gerufen haben. Prüfen Sie, ob sie Ihnen tatsächlich hilfreich sind.

So stand es da zu lesen. Das klang für ihn nicht bedrohlich. Hätte er bloß geprüft. So nahm das Schicksal seinen Lauf. Denn die Helfer standen schon bereit, um sich mit Freude einzubringen. Sie trugen gestreifte Pelz-Overalls in grauer Tiger-Optik und strotzten nur so vor Tatendrang.

Will man eine Terrasse anlegen, wo vorher Wildwuchs war, beginnt man klugerweise damit, den Wildwuchs zu entfernen. Mein Mann begab sich also ans Roden. Beherzt griff er in die Büsche und Stauden, um sie durch Graben, Rütteln und Ziehen dem Erdreich zu entreißen. Er rüttelte und schüttelte. Es raschelten Blätter, es bebten Halme. Das entzückte auch seine Helfer. Sie stürzten sich in die Blätter und Zweige, griffen ebenso ins Blattwerk. Hier Katzentatzen, dort Menschenhände, man traf sich in der Mitte. Nun unterscheiden sich Katzenpfoten im Bauplan von der menschlichen Hand durch ein nadelspitzes Extra. Nach mehrmaligem Kontakt mit den Katzenkrallen suchte mein armer Mann geläutert den nächsten Baumarkt auf. Durch den Erwerb von festen Handschuhen brachte er die Rodung endlich zum guten Ende.

Wo sollten die Grenzen des Bauwerks verlaufen? Mein Mann winkelte aus und vermaß. Genauer gesagt, er wollte vermessen.

Doch kann eine inspirierte Katze ein Bandmaß übergehen? Ein schlingerndes, wedelndes Bandmaß? Nur der Wechsel zum festen Zollstock ließ dem Bauherrn eine Chance.

Gerade Linienführung in unebenem Gelände erreicht man durch das Spannen einer Schnur, wie jeder Handwerker weiß. Mit einer Schnur von A nach B. Mein Mann spannte, dann machte er Feierabend. Am nächsten Morgen die Überraschung: Keine Spur von der geraden Schnur. Es spannte sich der Faden in wilden Kurven und Schleifen kreuz und quer durch den Garten. Dazwischen standen die Büsche und Sträucher, wie Mumien fest umwickelt. Unser Zeitplan bedurfte der Korrektur.

Der nächste Arbeitsschritt sah das Auflockern des Erdreichs vor. Mein Mann lockerte, grub und harkte. Die Katzen standen da und staunten. So viel lose Erde! Ein riesengroßes Katzenklo! War das der Zweck des Bauvorhabens? Ein Freiluftklo im XL-Format? Sie nahmen die Gabe dankbar an. Sie bewässerten im Akkord die Erde. Sie soffen ihre Näpfe leer, damit die Quellen nicht versiegten. Sie entschlackten die Körper, befreiten die Därme. Wie sagte schon Heraklit? „Alles fließt". Und sie ließen fließen.

Währenddessen versuchte mein Mann, die Bedürfnisanstalt zu planieren. Seine (behandschuhten) Hände schoben ein Brett durch den Sand, um die geglättete Fläche hinter sich zu lassen. Es verfolgten ihn drei Augenpaare, die aus besorgten Gesichtern blickten. Doch auch planiert war der Platz noch zu gebrauchen. Es wurde gebuddelt, gekratzt, gescharrt. Viele kleine Krater entstanden und lockerten das Erscheinungsbild auf. Die Katzen waren mit sich zufrieden.

Mit dem Verlegen der Bohlen kündigte sich endlich die Schlussphase an. Die kleinen Bau-Azubis halfen auf ihre Weise. Sie spielten Fußball mit den Schrauben und kickten sie ins Aus. Sie wuselten um Männerfüße. Sie waren überall im Weg. Mein Mann verlängerte den Urlaub.

Dann war das Werk fast vollendet. Es war nur ein einziger Arbeitsgang offen. Der Boden benötigte einen Anstrich – eine Tätigkeit von hoher Brisanz, in Anbetracht der Helfer. Mein Mann ist vorsichtig geworden. Er hat wieder sein Horoskop befragt.

Aus Erfahrungen sollten Sie gelernt haben. Lassen Sie vorübergehend lieber die Finger von einer allzu heißen Sache.

Wir haben keinen Bedarf an kleinen rundlichen Farbprints als Dekoration im Haus. Daher wartet der tapfere Bauherr lieber auf bessere Zeiten und Zeichen. Und so steht die Bauabnahme leider noch in den Sternen.

Fallstudie zum Osterfest

Osterhase müsste man sein. Da lässt sich so ein Nagetier von uneindeutigem Aussehen alljährlich mit Ruhm überschütten, und das fürs reine Nichtstun. Stattdessen beschäftigt es ein Heer von Hühnern, Schokoladenfabrikanten und Eltern, um sich dann unverfroren den Erfolg auf den Pelz zu schreiben und sich die Liebe der Kinder zu sichern. Auch unser eigener Nachwuchs war dem Hasen spürbar verfallen. Und so stand es außer Frage, wie das Osterfest bei uns zu begehen war. Der Weg war vorgezeichnet. Der Osterhase musste her. Zumindest in Form von Eiern. Wobei hier unsere Kinder erstaunlich gutgläubig waren. An die hauseigenen Kaninchen wurde nie so ein Ansinnen gestellt. Doch vom Osterhasen erwartete man viele Nester, gefüllt mit bunten Eiern, allen biologischen Erkenntnissen zum Trotz.

Um dem arbeitsscheuen Hasen auf die Sprünge zu helfen, wurden wir selber tätig. Wir erstanden Süßigkeiten im österlichen Design. Dann kochten wir heimlich Hühnereier, färbten, bemalten, beklebten. Eine Speckschwarte sorgte zum Schluss für die Hochglanzpolitur. Der Osterhase konnte zufrieden mit uns sein. Und unsere Kinder würden ein weiteres Mal dieses Pelztier lieben. In der Nacht vorm Ostersonntag versteckten wir im Namen des Hasen unseren bunten Eiervorrat. Aus Holzwolle formten wir kleine Nester und befüllten sie ausgewogen mit Schoko- und Hühnereiern. Wir versteckten alles im Obergeschoss in der Nähe der Kinderzimmer, damit gleich nach dem Aufwachen die Suche beginnen konnte. Penibel notierten wir die Lage der Nester zwecks späterer Kontrolle, ob alle Schätze geborgen waren. Hühnereier, wenn auch bunt gefärbt, verlieren viel von ihrem Charme nach Monaten im Versteck. Deshalb protokollierten wir gewissenhaft unsere heimliche Mission. Alles war gut geplant, wir legten uns beruhigt schlafen.

In der folgenden Nacht träumte ich von Ostereiern, die die Treppe hinunter hüpften. Das Geräusch der hopsenden Eier grub sich in meine REM-Phase ein und machte den Traum sehr plastisch. Dann kam der Ostermorgen. Die Kinder waren früh auf den Beinen, wie das immer bei Kindern am Ostermorgen ist. Ich hörte Ausrufe der Überraschung, auch typisch für den Ostermorgen. Doch diesmal schwangen neue Frequenzen des Erstaunens mit. Dann sah auch ich die Bescherung. Mein Traum von den springenden Eiern war Wirklichkeit geworden. Am Fuße der Treppe lag wild verstreut, was nach unserer Vorstellung in die Nester gehörte. In der Ansammlung bunter Funde fanden wir auch die Hühnereier, doch stark verfremdet in Form und Konsistenz. Mit dem Ausgangsprodukt hatten sie nur noch die Farbe gemein.

Eier sind für ihre gedachten Zwecke recht haltbar konzipiert. Vorausgesetzt, sie werden artgerecht behandelt. Für Fallstudien sind sie nicht ausgelegt. Nach ihrem unfreiwilligen Weg vom Obergeschoss über die Stufen lagen sie nun mit zersplitterter Schale zwischen den Schokoeiern danieder. Und die Verursacher der Verwandlung waren unschwer auszumachen. Hatten wir wirklich erwartet, dass unsere nächtliche Aktion unbeobachtet bleiben würde? Das hauseigene Katzenrudel, dem wir in unserer Einfalt ein Desinteresse unterstellten, was Ostereier betraf, hatte sich nachts verlustiert und die Suche vorweggenommen. Die Spur war von uns selbst gelegt. Der Duft von Speck an den Eierschalen hieß: Immer der Nase nach. Nicht dass sie mit der Beute ihren Speiseplan bereichern wollten. Sie schätzten an den runden Dingern andere Qualitäten. Welche, das demonstrierten sie willig. Sie kickten die rollenden Eier freudig durch die Gegend, waren Stürmer und Abwehr in einem, spielten fantasievolle Pässe, ignorierten die Abseits-Regel, nahmen sich Freistöße heraus und gingen mit Vehemenz in die Verlängerung. Die meisten Eier landeten im Aus unter Schränken und Kommoden, doch es waren genug vorhanden. Als die Katzen ihr Spiel für beendet erklärten, lag kein Ei mehr am ursprünglichen Ort. Noch viele Wochen später fanden wir in den hintersten Winkeln Andenken ans letzte Osterfest.

Das nächste Ostern kommt bestimmt und wieder wird jemand tätig sein müssen im Dienste des faulen Hasen. Über die Rollenverteilung wäre dann ernsthaft zu reden, was die Katzen betrifft. Doch noch sind das ungelegte Eier.

Ausgangssituationen

Suchen Sie nach einer neuen Sichtweise der Wirklichkeit? Streben danach, sich von alten Glaubenssätzen zu lösen, sind bereit, Ihre Energie bis zur Neige auszuschöpfen? Dann schaffen Sie sich Katzen an oder gehen bei schon vorhandenen in die Lehre. Denn Katzen ticken anders. Garantiert. Stimmen Sie sich nur ganz auf die Frequenz Ihrer Lieblinge ein und sie werden Ihnen den Weg schon weisen. Ihren eigenen Weg.

Da glaubt man, ein normaler Mensch zu sein. Praktisch und vernunftbegabt. Und bemerkt dann plötzlich, dass man beginnt, sich höchst seltsam zu verhalten. Denn wenn es um einen Bereich geht, um einen ganz speziellen Bereich, verlasse ich eindeutig das Revier der Zurechnungsfähigkeit. Will heißen, ich tue Dinge, die nicht zwingend sinnvoll erscheinen. Wer würde schon ohne Not ein Loch in die Wand seines Hauses stemmen? Ein Loch in die Außenmauer, eine direkte Verbindung vom kuschelig warmen Wohnraum zur bitterkalten Gartenwelt? Ein Loch, das Durchzug garantiert für ewig kalte Füße der menschlichen Bewohner. Und nur, damit drei verwöhnte Katzen ein selbstbestimmtes Leben führen.

Eine eigene Haustür sollten sie bekommen, die sogenannte Katzentür. Freiheit für die freien Seelen. Außerdem war ich es leid, Türöffner in Vollbeschäftigung zu ein. Katzen können so konfus agieren, jedenfalls nach meinem Verständnis. Verlasse ich selbst das Haus, dann weiß ich auch den Grund. Betrachte ich meine Katzen, stelle ich fest: Sie konfrontieren mich mit Planlosigkeit. Sie sind zwar in der Lage, den Wunsch nach Licht und Luft einwandfrei zu formulieren. Die jeweilige Katze quengelt und drängelt und miaut verlangend die Tür an, die sich jedoch nicht beeindrucken lässt. Übersetzt heißt das: Wo bleibt mein Personal? Komme ich aber dem Wunsche nach, überfällt die Katze augenblicklich Gedächtnisschwund. Sie will sich nicht mehr so recht erinnern, was ihr Vorhaben war. Ich schließe folglich wieder die Tür, woraufhin sich die Katze konzentriert, ihr dadurch der Wunsch nach der Außenwelt wieder gegenwärtig wird und sie erneut das Miauen anstellt … Und so weiter und so fort.

Unser Haus hat drei Türen. Und wir haben drei Katzen. Damit wäre alles gesagt. Böse Zungen behaupten immer, dass sich Katzen nur deswegen Menschen halten, weil sie keinen Daumen zum Öffnen der Dosen haben, aber ich sehe das nicht so begrenzt, ich sehe noch andere Gründe. Denn Katzen haben auch keinen Daumen, um damit Türen zu öffnen. Auch dafür halten sie sich Menschen. Menschen wie beispielsweise mich.

Wie gesagt: drei Katzen, drei Türen. Und vor jeder sitzt in stetem Wechsel eine. Also sollten die Tiger ihren Ausgang selber regeln dürfen, ohne den Umweg über helfende menschliche Hände. Die Katzentür würde die Lösung sein. Und da jeder sinnvollen Tür eine Öffnung vorausgehen sollte, stemmten wir diese durch die Ziegelwand unserer Behausung. Die Wand war dick und es gab viel Staub, aber wir fanden, es war den Einsatz wert. Anfangs voller Skepsis, aber dennoch interessiert frequentierten die Katzen den neuen Weg nach draußen, wobei sie das „Nach draußen" tatsächlich wortwörtlich nahmen. Sie nutzten das Loch nur für den Ausgang. Der Einlass fand weiterhin durch Aufmiauen der Türen statt. Für mich bedeutete das jedoch eine Einsparung des Arbeitsaufwands von immerhin fünfzig Prozent.

Nachdem wir der Meinung waren, die Katzen hätten sich daran gewöhnt, den Durchbruch zu benutzen, ging es an die Wahl der richtigen Katzentür. Wir entschieden uns für die Schwingtür mit einem Zwei-Wege-Verschluss. Sie wurde eingedübelt und war gegenüber dem Loch ein optischer Gewinn; auch verminderte sie die Zugluft, was wir dankbar begrüßten, die Katzen aber gleichgültig ließ. Menschliche Bedürfnisse standen bei ihnen nicht zur Debatte. Doch nun fehlte ihnen das rechte Verständnis für die Benutzung der Katzentür. Dass nicht zwingend geschlossen ist, was geschlossen aussieht, war ihnen

anfangs schwer zu vermitteln. Sie standen vor der Schwingtür und sahen uns verdrossen an. Folglich brauchten sie ein
Training. Wir stupsten Katzennasen gegen die aufschwingende
Pforte, schoben Katzenkörper durch die entstandene Öffnung.
Den ganzen Tag lang und auch die folgenden. Dann hatte die
erste Katze den Mechanismus erfasst. Die zweite Katze hingegen scheute vor dem Schwingen und war nicht zu überzeugen, dieses Teufelswerk zu benutzen. Der Kater entwickelte
eine besondere Technik, indem er sich auf den Rücken warf
und in dieser Haltung durch den Ausgang robbte. Dann kam
dieser bewusste Tag. Der Kater hatte es geschafft. Er war zum
ersten Mal ins Haus durch die Klappe gekommen. Er stand vor
uns, die ganze Tragik der Welt im Blick. Um die Taille trug er
einen seltsamen Gürtel. Ein Viereck aus grauem Kunststoff.
Aufgrund der kleineren Innentür hatte das Zweiwege-System
den wachsenden Ansprüchen des Katerbauches nicht mehr
standhalten können. Masse mal Drehmoment hatten sich zum
Druck verdichtet, der die Türeinheit aus ihrer Verankerung
sprengte. Wir verzichteten auf den erneuten Einbau. Seitdem
zieht wieder ein kühles Lüftchen über unseren Fußbereich. Die
Katzen hingegen stapfen froh und befreit von kunststofflichen
Zwängen durch ihr Loch ins Freie. Und sollten sie eines Tages
den Ausgang auch als Eingang begreifen, nähme die Sache endlich für mich das gewünschte glückliche Ende.

Vom Versuch, eine Katze zu fotografieren

Vor mir liegt ein Katalog, speziell für den Bedarf rund um die Katze. Selbstverständlich gibt es darin auch Fotos von den kleinen Tigern, die in lasziver Haltung Kuschelmatten belagern, unbeirrbar ihre Krallen an Sisalbrettern schärfen, friedfertig zu dritt auf Kratzbäumen thronen und sich dabei erstaunlich gut vertragen. Sie stehen in Katzentoiletten, ohne Streu herauszuschaufeln, lassen sich im Bürstenbogen entfusseln und gleichmütig ein Geschirr anlegen. Eine hockt sogar in einem Tragekorb und macht kein verzweifeltes Gesicht, als würde sie gleich zum Schafott geführt. Brav sitzen die kleinen Models da, in malerischen Posen. Bereitwillig und von Ernsthaftigkeit umfangen. Sie tun, was getan werden muss. Kooperativ und willig. Das sorgt bei mir für Irritationen. Es drängt sich mir die Frage auf: Wie sind die Fotos nur entstanden? Waren die Katzen narkotisiert, hypnotisiert, paralysiert? Welchen Zaubertrank hatten sie zu sich genommen, um so abgeklärt zu sein? Die disziplinierte Katze – eine neue Züchtung?

Katzen sind attraktive Tiere. Sie sind ansprechend konstruiert und von hohem Niedlichkeitsgrad. Dazu kommt ihre Anmut. Deshalb sind Katzen auch sehr fotogen. Das übt auf jeden Fotografen einen starken Reiz aus. Wer hätte nicht gern ein paar hübsche Fotos? Von seiner eigenen Katze oder auch von fremden. Auch ich habe schöne Katzen. Auch ich hätte gerne schöne Fotos. Und damit beginnt mein Dilemma. Meine Katzen verhalten sich anders als die im Katalog. Selbstverständlich beherrschen auch sie die dekorativen Posen, bewegen sich anmutig und ausgewogen. Doch kaum hole ich die Kamera und richte sie auf ihren perfekten Körper, ändert sich die Lage. Keine Spur von der professionellen Disziplin der Katzen auf den Fotos. Erwartungsvoll kommen sie angetigert. Noch bevor ich es schaffe, die Einstellungen vorzunehmen, verdunkelt sich das Bild im Sucher. Eine feuchte Katzennase stupst freundlich gegen das Objektiv und verschmiert mir ungerührt die Linse. Da kann ich sie noch so lange bitten, sich in Positur zu setzen. Sie schubbern ihre Köpfe am Fotoapparat und verfolgen mich neugierig auf Schritt und Tritt: Zeig mal her, was hast du da?

Auch bei fremden Katzen hab ich nicht viel Glück. Hier fehlt zwar der Vertrautheitsfaktor, doch dafür zeigen sie ein anderes Verhaltensmuster. Sie kommen nicht, sie laufen weg. Kaum sehe ich draußen eine Katze und nähere mich mit der Kamera, macht sie blitzschnell kehrt und präsentiert nur noch ihr Hinterteil. Das ist zweifelsohne auch sehr nett, aber nicht das, was ich will. Da sind mir die eigenen doch lieber. Chancen bieten sich immerhin, wenn sie im Tiefschlaf liegen. Doch nach serienweise schlafenden Katzen erwächst automatisch der Wunsch nach Abwechslung in der Wahl des Motivs. So warte ich auf den Moment des Erwachens, wenn ein niedliches Gähnen das Pelzgesicht überzieht. Doch was zeigt später das Foto? Der eingefrorene Augenblick hat gar nichts Putziges mehr, sondern erinnert eher an einen Säbelzahntiger, der seine Reißzähne bleckt. So unterscheidet sich die Wahrnehmung vom fertigen Produkt.

Katzen liegen oft in akrobatischer Haltung, den elastischen Körper in seltsamen Windungen verdreht. Auch hier wird das Ergebnis enttäuschen, wenn später auf dem Foto nicht mehr auszumachen ist, wo bei der Katze oben und unten war. Auch wenn Mieze sich putzt, lauern optische Fallen. Katzenohren sind so konstruiert, dass sie sich umklappen lassen, und das vorzugsweise beim Putzen. Trifft man beim Fotografieren exakt den falschen Moment, kann man später Bilder einer Einohrkatze bewundern. Dabei sind Katzen so ansprechend schön. Im Grunde ist alles stimmig bei ihnen. Im Gegensatz zum fragwürdigen Charme eines Nacktmulls oder der überraschenden Konstruktion des australischen Schnabeltiers. Meine Katzen sollten sich dankbar zeigen für dieses Geschenk der Natur und sich dessen würdig erweisen. Zum Beispiel durch mehr

Bereitschaft zur Zusammenarbeit. Doch neulich gelangen mir ausnahmsweise ein paar nette Fotos von meinem Kater in einem Pappkarton. Er hatte ihn sich frisch erobert. Nichts hätte ihn daher bewegen können, das Behältnis zu verlassen. Von der Pappe eng umschlossen, war er gnädig bereit für ein Foto-Shooting. Ich nahm sein Angebot dankbar an. Trotzdem war mir klar: Germanys next Cat-Model werden meine Katzen nie werden.

Wurst wider Wurst

Kühlschränke können schon seltsam sein. Besonders dieser eine. Sein Verhalten war sehr befremdlich. Normalerweise versteckte er seinen Inhalt auf perfide Weise, sodass ich nach Wochen aus seinen hintersten Ecken Gemüse von orchideenhafter Optik fischte oder andere Lebensmittel, deren Verfallsdaten nostalgische Gefühle weckten. Nun machte er plötzlich das Gegenteil. Er versteckte nicht mehr, er warf hinaus. Er warf aber nicht alles hinaus, er war da sehr speziell. Er öffnete weit seine Tür und warf Wurst hinaus. Auf den Küchenfußboden. Leberwurst, Mettwurst. Zwischendurch auch mal das frisch gekaufte Hack.

Kaum hatte ich seine Regale erneut aufgefüllt, begann das Phänomen. Das Problem nur war: Die Wurst blieb nicht unbehelligt auf dem Boden liegen. Denn ich habe Katzen. Gewissenhaft waren sie dabei, sich um die Fleischwaren zu bemühen, und führten sie der in ihren Augen einzig wahren Bestimmung zu. Ohne Schuldgefühl. Katzen denken da sehr sozial – an sich. Und jemand schien kräftig nachzuhelfen, den kätzischen Speiseplan um nette Häppchen zu bereichern. Im Interessenbereich eines Kühlschranks konnte das kaum liegen. Logischerweise war dieser Jemand unter denjenigen zu vermuten, die davon profitierten. Doch wer von ihnen war der Kühlschrankknacker? Wie wurde die Kühlschranktür geöffnet? Ich war mir sicher, sie stets fest verschlossen zu halten. Und zeige mir einer die Katze, die in der Lage ist, einen Kühlschrank mithilfe des Griffes zu öffnen. Das Ganze war sehr mysteriös. Und nie geschah es in meinem Beisein. Wie war der Fall für mich lösbar? Ich fuhr die Strategie der Verführung, kaufte großzügig Wurst und Hack und füllte damit die Kühlschrank-Regale. Dann hielt ich mich heimlich im Nebenraum auf, die Küche fest im Blick. Und siehe da, es dauerte nicht lange, da kam Kater Pauli des Weges. Vorsichtig schlich er sich heran, sicherte nach rechts und nach links, hakte seine Kralle in die Dichtung der Tür, zog kurz daran – und offen war der Weg zum Glück. Die logische Fortführung des Ganzen war das Angeln nach den Wurstpaketen. Sofort waren die anderen Katzen da, als hätten sie ihn vorgeschickt. Und alles scharte sich zufrieden um die fette Beute. Kater Pauli also. Gerade er hatte es nötig! Ein Kater wie eine Bowlingkugel. Stets war er der Erste am frisch gefüllten Napf. Die aufgenommenen Kalorien verwandelte er in Speck, den er recht unausgewogen um die Leibesmitte parkte. Nun hatte er einen Weg gefunden, sich und den anderen Katzen ein Zubrot zu verschaffen.

Da Kühlschränke nicht abschließbar sind, füllte ich einen Kanister mit Wasser und platzierte ihn als Bollwerk vor der verführerischen Tür. Das zog den Umstand nach sich, dass der schwere Kanister auch für mich zum Bollwerk wurde, was zumindest beim Kochen denkbar hinderlich war und mich ab und an verführte, das Ungetüm beiseite zu lassen.

So wie ich ihn beobachtet hatte, begann jetzt Kater Pauli, mich zu observieren. Wann war kein Mensch in der Küche? Wann machte der Kanister die Tür zum Schlaraffenland frei? Oh nein, zu sehen war der Kater nicht. Er lag versteckt auf der Lauer. Doch wenn ich die Küche verließ, für den kleinsten Augenblick, fand ich bei der Rückkehr die Kühlschranktür geöffnet vor. Um seine Fertigkeit zu polieren, trainierte Pauli zwischendurch an anderen Objekten. Kommode, Schrank, Küchenmöbel – überall standen die Türen nun offen. Quasi im Vorbeigehen hakte er seine Krallen ein, eifrig sein Können verfeinernd. Schließlich ging es für ihn um die Wurst.

Und dann war es eines Tages so weit. Der Kühlschrank tat nicht mehr, was seine Aufgabe war. Er verweigerte das Kühlen. Die Dichtung war durchlöchert, von Katzenkrallen perforiert. Der feste Abschluss der Kühlschranktür war nicht mehr gegeben. Ein Kühlschrank ist kein Artikel aus dem Billigbereich. Wir mussten nun einen neuen kaufen. Ich drohte Pauli an, ihm die Kosten für den Ersatz vom Taschengeld abzuziehen. Doch wäre selbst bei einem Neukauf das Problem nicht aus der Welt.

Jede Kühlschranktür verlangt nach einer Dichtung. Wir stünden bald vorm gleichen Dilemma. Eine Lösung war gefragt, jenseits von Groll, Sarkasmus und zulangenden Katerkrallen. Dann war er da, unser neuer Kühlschrank. Ein Einbaugerät in menschlicher Augenhöhe. Unter ihm ein für Katzen nutzloser Schrank. Und wie oft der verwirrte Pauli die Tür auch öffnen mochte: Er sah sich nur Kochtöpfen gegenüber. Mein Mitleid hielt sich im Grenzen. Wurst wider Wurst.

Mäusejagd mit Stradivari

Maus oder nicht Maus, das war schon längst nicht mehr die Frage. Das Knispeln und Nagen auf dem Dachboden – unüberhörbar. Die grauen, nacktbeschwänzten Wesen, die über Kisten und Kästen huschten – unübersehbar. Ich habe nichts gegen Mäuse, wenn sie sich in ihrem eigenen Lebensraum bewegen. Und der befindet sich nach meinem Verständnis nicht zwingend unter unserem Dach.

„Ihr habt doch Katzen", sagten unsere Freunde. „Katzen fangen Mäuse." Sie hatten recht. Katzen fangen Mäuse. So steht es überall zu lesen. Die eine oder andere Maus hatte auch tatsächlich als Importgegenstand den Weg in unser Haus gefunden. Glücklicherweise fast immer in abgelebtem Zustand. Möglicherweise waren die Opfer mehr eingesammelt als gefangen worden. Bei dahingeschiedener Beute ist das schlecht beurteilbar. Vielleicht hatten andere Räuber sie ins Jenseits geschickt und im Garten vergessen, zur Freude unserer Katzen, die gefühlsmäßig keinen Unterschied machen zwischen einer lebend gefangenen und einer tot gefundenen Maus.

Solche Mitbringsel lösen bei mir nicht reine Freude aus. Ich hätte es lieber, Katzen würden sich läutern lassen und Vegetarier werden. Denn ich finde auch Mäuse nett. Trotzdem – unter der Zimmerdecke verlaufen viele Elektrokabel. Die brauchten dringender unseren Beistand als knabbernde Nagetiere. Deshalb kam der Killerinstinkt der Katzen diesmal nicht ungelegen. Doch welche unserer Miezen wäre der Aufgabe gewachsen? Der Job war schließlich delikat. Die Mädels kamen nicht infrage, da zu zart besaitet. Das hier war eindeutig Männersache. Und so setzten wir den Mäusen unseren stärksten Trumpf entgegen: den Kater Stradivari. Er war zwar erst sechs Monate alt und noch nicht allzu groß, aber größer als die Mäuse war er auf jeden Fall. Wir kannten ihn als charismatisch, beherzt und wesensfest. Außerdem zeigte sein grauer Pelz gefährliche Tigerstreifen. Stradivari würde es machen.

Er genoss unser vollstes Vertrauen und sollte sich mutig der großen Herausforderung stellen.

Dann kam sein großer Tag. Zur Einstimmung bereiteten wir ihm ein entspanntes Umfeld und stärkten ihn mit ein paar Häppchen. Danach öffneten wir die Dachbodentür. Willig betrat der Kater den neuen Wirkungskreis. Er war nun auf sich gestellt. Wir schlichen leise davon, bewegten uns auf Zehenspitzen, unterhielten uns nur im Flüsterton. Nichts sollte das Projekt gefährden, kein Lärm die Mäuse alarmieren oder als Ablenkung dienen für den jagenden Kater. Unsere Gedanken schickten positive Energie nach oben. Wir imaginierten seinen Erfolg. Schufen vor unserem inneren Auge Bilder des Triumphes. Er würde eine Maus nach der anderen erspüren und sie appetitlich als Jagdstrecke präsentieren. So erhofften wir es.

Vom Dachboden kam kein Ton. Kein Geräusch ließ auf Kämpfe schließen. Vielleicht versuchte der Kater es auf die sanfte Tour, hypnotisierte die Mäuse, verhandelte vorher mit ihnen? Nach stundenlangem Bangen und Harren wurde das Ende der Aktion beschlossen. Bestimmt hatte der Kater nun alles erledigt und konnte zurückkehren in den wohlverdienten Feierabend. Vorsichtig öffneten wir die Dachbodentür, innerlich halbwegs gewappnet für den möglichen Anblick der Schlacht.

Wo war Stradivari? Wo waren die erlegten Mäuse? Alles zeigte sich ruhig und friedlich, nirgendwo eine Mäusestrecke. Dann fanden wir den tapferen Jäger. Auf einem Pappkarton. Im Tiefschlaf. Nicht eine einzige Maus hatte er gefangen. War er Pazifist geworden? Oder hatte ihn die Stille im Haus von vornherein ermüdet, unsere positive Energie ihn schläfrig und zu entspannt gemacht? Obwohl das Ziel nicht erreicht worden war, empfand ich Erleichterung. Der Anblick der erlegten Nager blieb mir dadurch erspart. Die piepsten und knabberten munter weiter. Wir verzichteten auf erneute Versuche mit dem friedfertigen Stradivari.

Die Sache mit den Dachbodenmäusen übernahm schließlich ein Marder, der sich bei uns einquartierte. Er löste das Problem im Nu. Diskret und rückstandsfrei. Ich aber hatte begriffen: Nicht alle Katzen fangen Mäuse.

Der Pelz in der
Brandung

Oh ja, ich habe davon gehört. Ich habe gehört, dass es Katzen geben soll, die ernsthaft Wasser lieben. Auch von außen, wohlgemerkt. Die im Waschbecken duschen und in Fluten schwimmen.

Unsere gehören nicht dazu. Trifft auch nur ein Tropfen auf ihren kostbaren Pelz, verfallen sie schlagartig in Hysterie. Wasser wird nur akzeptiert, wenn es in die Katze und nicht auf selbige fließt. Immerhin sind sie so vernünftig, sich nicht der Notwendigkeit einer Aufnahme von Flüssigkeit zu verschließen, solange es nur darum geht, die Magen-Innenwand zu benetzen. Um ihnen das zu ermöglichen, stehen mit Wasser gefüllte Näpfchen bereit. Mit frischem klarem Wasser, das selbstverständlich täglich erneuert wird. Wobei wir uns dabei fragen, warum wir das eigentlich machen.

Denn: Sie saufen nicht aus dem Napf. Sie saufen aus der Vogeltränke. Sie saufen das Dreckwasser aus den Pfützen. Sie saufen aus der Blumengießkanne, sie saufen aus meinem Wasserglas. Von der Badewannen-Armatur lecken sie die letzten Tropfen. Nur ihren Wassernapf umrunden sie stets mit Grazie. Am liebsten saufen sie aus dem Teich.

Allen voran Kater Poldi. Er betreibt es geradezu exzessiv. Sein Aufmiauen der Tür entspringt nicht etwa dem Wunsch, im Garten die Mäuselöcher zu prüfen. Es zieht ihn mit Macht zum Gartenteich, um dort in komfortabler Haltung seinen Flüssigkeitsbedarf zu stillen: Umfallen, Kopf über den Uferrand hängen lassen, bis die Zunge den Wasserspiegel berührt, Zunge ins Wasser sinken lassen, zum Schäufelchen formen und in Schlappbewegung versetzen. Dabei ist eine gleichzeitige Bewunderung des Spiegelbildes möglich. Es ist nicht zu ergründen, warum Poldi das mit Wasser gefüllte Viereck liebt und was ihn so wild bewegt, das brackige Kaulquappenwasser zu trinken. Eine schlüssige Erklärung hat er bislang nicht geliefert. Es macht ihn offensichtlich glücklich. So weit, so gut. Katzen sind ja von Haus aus schrullig.

Doch dann kam ein langer Winter und mit ihm sehr strenger Frost. Das Teichwasser tat, was Wasser bei Minusgraden macht: Es gefror. Und Poldi musste sehr tapfer sein. Er schlitterte frustriert übers Eis. Kein einziges Löchlein war offen geblieben. Da tröstete ihn auch nicht der Umstand, endlich die Fläche betreten zu können, die ihn stets so magisch anzog und deren sicheres Ufer er sonst nur umrunden konnte.

Er wollte es einfach nicht fassen. Er lief zurück ins Haus und von dort wieder von einer Tür zur nächsten, getragen von der Hoffnung, dass sich die Sachlage ändern könnte, wenn er es nur schaffte, den richtigen Ausgang ins Freie zu wählen. Doch das Eis blieb unerbittlich. Mehrere Wochen lang. Dann schneite es viele Flocken und der Teich war ganz verschwunden. Versteckt unter kaltem Weiß. Viele kleine Fußspuren, rund um das Viereck verzweifelt in den Schnee gestapft, zeugten von Poldis Verlangen. In seiner Not begann er, nach einem Teichersatz zu fahnden. Er untersuchte die Badewanne auf eine mögliche Tauglichkeit und soff das letzte Badewasser, nachdem diese sich so weit entleert hatte, dass er halbwegs trockenen Fußes das Behältnis betreten konnte. Aber die Sehnsucht nach seinem Teich blieb unvermindert und stark.

Und dann – Poldi wagte längst nicht mehr zu hoffen – begann es endlich zu tauen. Zuerst schmolz der Schnee. Der Teich wurde wieder sichtbar. Der Aggregatzustand des Wassers war leider noch nicht der vom Kater gewünschte, was für Verwirrung sorgte, doch endlich taute auch das Eis. Es taute von den Rändern her, hinterließ mittig eine große Scholle und Poldi wurde heldenhaft. Mutig balancierte er auf der Platte, die sich ob seines Gewichtes in bedenkliche Schräglage neigte und überflutet wurde. Wasser umspülte zuerst die Knöchel und dann auch die Katerbeinchen.

Doch Poldi harrte aus. Bekämpfte seinen Abscheu gegen den nassen Kontakt. Das Glücksgefühl war mächtiger als jede Wasserphobie. Er soff entrückt, soviel er konnte, kam nur ins

Haus zu kurzen Aufwärmphasen. Dann eilte er wieder zu seinem Teich, betrat mannhaft die große Scholle, ungeachtet der eisigen Fluten. Kater Poldi – der Pelz in der Brandung. Unerschütterlich und tapfer. Bis die warme Frühlingssonne den Schauplatz seines Heldentums schlicht und einfach hinweg schmolz.

Kater-Fantasien

Der Kater liegt im Garten und gibt sich der Muße hin. Seine Ohren spielen sacht, nehmen den Gesang der Vögel auf. Belebend scheint die Sonne auf ihn und erwärmt ihm Fell und Seele. Sein Chi durchströmt ihn ausgewogen, lind und samtig wird er umhüllt von einer Aura aus Seligkeit. Ein Schnurren stellt sich ein.

Die Fähigkeit zum Relaxen – er nutzt sie ausgeprägt. Leichtgängig kann er von wilder Jagd in den Entspannungsmodus wechseln. Vorhin noch war er sehr heroisch, bejagte gefährliche Blätter. Nun aalt er sich in Freizeit. In ihm ist Wohlgefühl. Verträumt blickt er zum Himmel. Wolken ziehen vorüber, er formt sie in der Fantasie zu riesengroßen Mäusen. Im endlosen Raum verliert sich sein Blick. Träumt er von fremden Galaxien, von Mäusevorkommen auf unentdeckten Planeten? Fein ziseliert er seine Gedanken. Sie driften ab in andere Vorstellungswelten.

Sucht er nach der Formel, die ihm die Welt erklärt? Sinnt er nach über das Sein einer Katze? Vielleicht sogar über Schrödingers Katze? Über eine theoretische Katze, die im Quantenzustand sowohl tot als auch lebendig sein kann, solange man nicht nachschaut? Er selbst fühlt sich sehr lebendig. Da braucht er gar nicht nachzusehen. Doch wie verhielt es sich mit dem Blatt? Mit diesem vertrockneten Blatt? Der Wind wehte es durch den Garten. Leichtsinnig gab es sich, äußerst unvorsichtig. Er beobachtete es ein Weilchen, verstoffwechselte sein Input, aktivierte seinen Jagdtrieb.

Mit dem Blatt war es wie mit Schrödingers Katze. Auch sein Zustand war unbestimmt, wenig festgelegt. Sowohl tot als auch lebendig. Es kam ganz darauf an. Biologisch betrachtet war es nicht mehr am Leben, doch gleichzeitig sehr lebendig. Lebendig, weil er es so wollte. Schließlich bewegte es sich im Wind. Hätte er sich sonst für ein gewöhnliches Blatt interessiert? Und so, wie es ihm gefiel, Wolken zu Mäusen zu ballen, verhalf er auch dem Blatt zu einer anderen Daseinsform. Er verwandelte es nach seinen Wünschen. Imaginierte einen Vogel hinein.

Vorsichtig schlich er sich an. Ganz langsam und behutsam. So oft hatte er es geübt – doch leider ständig die Beute verfehlt, wenn es um wirkliche Vögel ging. Das hier war ein anderer Fall. Wesentlich aussichtsreicher. Dem Blatt fehlten die Reflexe und der Überlebenswille. Es versuchte zwar zu flüchten, doch sein Modus Operandi war wenig ausgeklügelt, ganz miserabel durchdacht. Es wirbelte planlos herum, er wirbelte hinterher. Hetzte ihm nach, sprang hoch in die Luft, tatzte und krallte. Je mehr sein Opfer die Flucht anstrebte, desto schneller agierte auch er. Eine Wechselwirkung zweier Teile. Dann zeigte er sich großzügig, ließ dem Blatt einen Vorsprung, belauerte es ein Weilchen, fühlte sich überlegen. Das Blatt wog sich in Sicherheit. Plötzlich schnellte er darauf zu, erlegte seine Beute mit einem zielgerichteten Sprung. Er gab der eigenen Schwerkraft nach, warf sich auf sein Opfer. Der Quantenzustand des Blattes zerfiel in viele Teilchen aufgrund zu großer Katermasse. Doch es gab noch weitere Blätter, die seinen Jagdtrieb reizten. Bald legte sich der Wind und beendete das Spiel. Der Kater fühlte sich als Sieger. Über ihn schwappte Euphorie aufgrund vollbrachter Heldentaten. Nun liegt er hier und genießt die süße Frucht des Erfolges.

Jetzt schiebt sich vor die wilde Jagd auf die Blätter die Erinnerung an die Haushaltsrolle. Er hatte sie heute Morgen entwendet. Auch sie ließ er vom unbelebten in einen lebendigen Zustand wechseln. Sie wurde spontan zum Eindringling. Zu einem fremden Kater, der sein Revier beanspruchte. Zu einem höchst aggressiven Kater. An Gefährlichkeit nicht zu überbieten. Mutig stürzte er sich in den Kampf, an Tapferkeit nicht zu überbieten. Nahm den Rivalen zwischen die Tatzen. Der Fremde sprang auf ihn, er wälzte sich auf den Rücken, krallte, kratzte und strampelte, die volle Abwehrstrategie, war dann wieder oben und gab dem Angreifer den Rest. Die zerfetzte Rolle würdigte er keines Blickes mehr, sie war erledigt für ihn. Wurde wieder zu Papier. Was zählte, war der Sieg.

Die Erinnerung ist noch gegenwärtig. Er spürt ihr lange nach und entspannt noch etwas tiefer, das hält sein Yin und Yang im Gleichklang. Immer noch blickt er hoch zu den Wolken, guckt Mäuselöcher in die Luft. Bis ihn plötzlich ein Urknall aus all seinen Träumen weckt: das Plopp beim Öffnen der Futterdose.

Mendritzkis
Charmeoffensive

Er entstammte der Liaison zwischen einer edlen Perserdame und einem gewöhnlichen Dorfkater. Nachdem das erste Entsetzen über diesen Fehltritt bei den Besitzern des adligen Katzenfräuleins abgeklungen war, zeigte man sich höchst bemüht, für den unerwünschten Nachwuchs schnell und diskret ein neues Heim zu finden, um die unliebsame Affäre aus dem Gedächtnis zu tilgen. Eines der Katzenkinder fand sein Zuhause in unserem Dorf. Ein kleiner Kater mit tiefschwarzem Fell, das aufgelockert wurde durch ein weißes Lätzchen und ebenso weiße Pfoten. Eine Farbkombination, die dem Katerchen etwas Frisches verlieh und etwas Seriöses. Er trug nicht das lange Haarkleid der Mutter, doch war sein kurzer Pelz voll und außergewöhnlich seidig. Auch der runde Kopf und besonders große Augen zeugten von einer Erblinie, die edler war als die der Bauernhofkatzen. Als wir auf ihn trafen, gab er seinen Namen mit Mendritzki an. Später erfuhren wir, dass er nicht so hieß, doch spielte das dann keine Rolle mehr.

Im erwachsenen Alter wurde Mendritzki zum Casanova des Ortes. Alle Voraussetzungen brachte er mit, um dieses Amt zu bekleiden, war er doch noch im Besitz einer Lizenz, die es ihm ermöglichte, die Katzendamen zu beglücken. Zudem war er groß und kräftig, mit Charisma gesegnet und äußerst gut aussehend. Doch er verlegte seinen persönlichen Schwerpunkt außerhalb dieser Kriterien. Er war fürs Understatement und es war ihm nicht unangenehm, sich zur Sorte der Streuner zu zählen. Er streunte nicht nur durch unser Dorf, auch die Katzen in den umliegenden Ortschaften kannten sein Erscheinungsbild. Hier versuchte er, sich ebenfalls zu behaupten und verwickelte sich in viele Katerkämpfe, aus denen eine Kerbe im rechten Ohr und die Narbe auf der Nase als Erinnerung blieben, was ihm eine interessante Note verlieh. Bestimmt war es der geerbte Charme, mit dem schon sein Vater die Perserin bezirzte, der die Katzendamen der Reihe nach niedersinken ließ in Anbetung und Entzücken. Seine Spuren konnte man durch die ganze

Region verfolgen. Denn immer wieder wurden den überraschten Katzenbesitzern, bedingt durch Mendritzkis Perser-Gene, Langhaarkätzchen geboren. Doch der Verursacher hielt nichts von Alimenten, noch erkannte er die Vaterschaften an.

Als Mendritzki eines Tages in unserem Garten vorstellig wurde, traf er hier nur Pauline, die letzte Überlebende unserer damaligen Katzendynastie. Pauline war schon im Rentenalter und es fiel ihr zunehmend schwerer, ohne Unterstützung ihr Revier fremdkatzenfrei zu halten. Nun drang zwar ein unbekannter Kater in ihr Refugium ein, doch seine Weltgewandtheit und das selbstbewusste Gebaren bezauberten auch Pauline. Mendritzkis geheimnisvolle Aura umwob ihren Widerspruchsgeist und setzte ihn außer Kraft. Sie gestattete ihm nicht nur die Gartennutzung, sondern sah gelassen zu, wie er auch unsere Innenräume zu seinem Territorium machte, wobei er an die Möbel den Duft seines Aftershaves sprühte. Selbst ihren Futternapf überließ sie ihm, allerdings nur die Reste. Mendritzki revanchierte sich, indem er unseren Garten bewachte und alle Eindringlinge vertrieb. Dass Pauline weder interessiert noch in der Lage war, mit ihm eine Affaire zu beginnen, hatte er schnell begriffen bei seiner umfangreichen Erfahrung. Doch das war auch nicht Ziel seines Kommens. Vielmehr betrachtete er sie als mütterliche Freundin. Hier konnte er sich ausruhen von seinen Wanderungen und Kämpfen. Stundenlang lagen sie nebeneinander im Gras. Er äußerte sich zu vielen Dingen, sie hörte ihm mit Andacht zu. Mendritzki kam nicht regelmäßig. Mal ließ er sich wochenlang nicht blicken, dann war er wieder täglich da. Schon von Weitem kündigte er sich an durch ein markantes Mauzen. Er hatte viel zu erzählen.

Eines Tages war auch Pauline in die ewigen Mäusejagdgründe eingegangen und wir schafften uns als Ersatz zwei kleine Kater an, was Mendritzki nicht gelten lassen wollte, zumal auch hier sein Charme nur ins Leere laufen konnte. Er war deshalb weiterhin bestrebt, unser Heim frei von Artgenossen zu halten, und schloss nun unsere eigenen Kater in diese Zielsetzung ein. Wir verstanden seine Gedankengänge, konnten sie aber nicht akzeptieren. Sein Bemühen endete mit dem Tag, an dem wir einen Katzenschutzzaun um unser Grundstück zogen.

Wenig später ereilte Mendritzki dann doch noch das Schicksal eines Eingriffes, der sein Liebesleben abrupt in andere Bahnen lenkte. Allen Katzendamen konnte er fortan nur noch platonisch begegnen. Doch nahm ihm die Kastration nichts von seinem Charme. Sie schenkte ihm hingegen eine ungewohnte Ruhe und Gelassenheit und stoppte endlich die Produktion seiner reichen Nachkommenschaft, was auch dringend notwendig war.

Noch viele weitere Jahre sahen wir ihn durch die Straßen tigern. Und wir lächelten uns in alter und herzlicher Freundschaft zu.

Murphys Höhenflug

Bitte nicht schon wieder! Wir dachten es die ganze Zeit. Denn so zuverlässig, wie man darauf bauen kann, dass jeder Nacht ein Tag folgt, suchten uns auch die Anwandlungen dieses Katers heim. Reichte es ihm nicht, bereits ein Katastrophenfall zu sein? Er war es, dem ein Luftgewehr-Geschoss aus dem Fell operiert werden musste, vermutlich hatte er sich im nachbarlichen Taubenstall zu auffällig verlustiert. Er war es auch, der Rattengift fraß, und nur ein schnelles Eingreifen und der Gang zum Tierarzt retteten ihn vor schlimmen Folgen. Als wäre das alles nicht genug, leistete er sich ständig diese halsbrecherischen Eskapaden. Dabei wirkte er so bequem und phlegmatisch, doch resultierte dieser Eindruck eher aus einer Trägheit des Geistes, was ihm wiederum, das muss man ehrlich sagen, einen umwerfenden Charme verlieh. Wenn man ein Kater ist und Murphy heißt, kann das nur ein Gewinn sein.

Bereits als er zu uns kam, war allen klar, dass diesen jungen Kater kein Zuviel an Intelligenz beschwerte. Er war stämmig, mit gelber Decke und weißem Unterbau. Ein richtiger Bauernhoftyp. Gewaltige runde Pfoten wiesen schon damals auf seine spätere Größe hin. Etwas sonderbar sah er aus, legte man herkömmliche Maßstäbe an. Das Gelb des Fells war verwaschen, Nase und Lidränder schweinchenrosa.

Das Erscheinungsbild änderte sich dramatisch, als er älter wurde. Die gelbe Fellfarbe wandelte sich zu einem schönen, kräftigen Goldton, die rosa Nase dunkelte karamellbraun nach. Und um die Augen bildeten sich dicht an dicht dunkle Punkte, bis sie zu einem Lidstrich verschmolzen. Äußerlich war aus Murphy ein attraktiver Kater geworden. Das hatte ihn nicht überheblich gemacht, sein gutmütiger, unbedarfter Charakter war ihm erhalten geblieben. Auch seine Trotteligkeit. Nie lernte er, dass dieses aufreizende Ding, das sich frech in sein Blickfeld schob und im selben Tempo flüchtete, wie er versuchte, es zu bejagen, der eigene Katzenschwanz war. Groß wurden seine Augen vor Verwunderung über den Schmerz, wenn er in sein Opfer biss, und ein ärgerliches Mauzen entströmte der Katerbrust.

Das alles sind eher Hinweise auf starke Bodenständigkeit. Doch dann konfrontierte er uns mit Taten, die uns zu der Frage führten: Fühlte er sich plötzlich zu Höherem berufen? Wobei die Höhe wortwörtlich zu nehmen ist. Das bedeutete in der Praxis: Murphy kletterte. Er kletterte auf Bäume, den Schuppen, das Hausdach. Und dann war Ende. Nach dem Aufwärtsgang erschloss sich ihm nicht mehr der Vorgang der Rückkehr. Irritiert saß er in luftiger Höhe, stieß ein Miauen der Verzweiflung aus und wartete auf Rettung, die wir ihm mittels langer Leiter seufzend zukommen ließen. Es waren oft halsbrecherische Aktionen, vor allem, wenn er sich hohen Bäumen mit sperrigen Ästen anvertraut hatte, die ihn nun offensichtlich nicht mehr freilassen wollten. Auch trug sein Gewicht nicht dazu bei, ihn leichthändig aus dem Dickicht zu heben. Doch hatten wir uns damit arrangiert und hielten die Leiter stets griffbereit.

Kritisch wurde es für ihn, wenn er sich wieder einmal in unkontrollierte Höhen verstieg und wir nicht anwesend waren. Dann hatte er Wartezeiten hinzunehmen, bis wir ihn erlösten, denn nie startete er von selbst den Versuch. Bis auf dieses eine Mal. Es war ein sonniger Sommertag, als es Murphy wieder auf das Hausdach trieb. Urplötzlich verdunkelte sich der Himmel und die schwarzen Wolken entließen spontan einen Regenguss. Auf dem Dach sah sich Murphy schutzlos dem prasselnden Nass ausgeliefert. Ihn umspülte nicht nur der Regen, sondern auch ein Entsetzen. Entgeistert verlangte er nach dem gewohnten Abtransport, doch der ließ auf sich warten. Mit dem Mut der Verzweiflung bewegte er sich zum Rand des Daches. Was sich als Fehler erwies. Die nassen Schieferplatten hatten sich arglistig verwandelt, sie waren zur glatten Rutschbahn geworden, auf dem seine Krallen nun keine Haftung mehr fanden. Wie entsetzt er auch versuchte, sich dort oben anzuklammern: Bevor

wir die Leiter anlegen konnten, segelte uns wie ein Flughörn-
chen ein fassungsloser Kater entgegen und landete platschend
im kleinen Gartenteich. Der Höhenflug war zum Sturzflug
geworden. Doch außer einem Vollbad war ihm zum Glück
nichts geschehen.

Leitete dieses Erlebnis endlich den Lernprozess ein? Nein, er
verstieg sich auch weiter hinauf in Höhen, ohne die innere Kraft
zur Rückkehr. Nur das Hausdach, das mied er für alle Zeiten.

Horst – oder
As time goes by …

Er brach über uns herein wie eines dieser Sommergewitter. Urplötzlich, überraschend, mit elementarer Gewalt. Was für ein Typ! Ein Kater wie ein Baum, ein Kraftpaket, ein Haudegen aus der vordersten Reihe: Horst – quadratisch, praktisch, gut. Sein untersetzter Körper trug den mächtigen Katerkopf. Unter breiten Schultern spielten ausgereifte Muskeln, stämmige Beinchen rundeten sich zum O. Fast meinte man, durch sie hindurch die sinkende Sonne zu sehen, glaubte, eine Melodie zu hören, die sein wiegender Gang heraufbeschwor, eine Melodie, unheilschwanger und äußerst bedrohlich: „Spiel mir das Lied vom Tod". Oh yeah. Was machte es da schon, dass sich der Weißanteil seines Pelzes im Übergang zu Grau befand und der schwarze Rest den Inhalt eines Staubsaugerbeutels kontaktiert zu haben schien. Man ahnte, nein, man wusste es: Hier kommt er, der Frauenbetörer, der Weiberheld, der Herzensbrecher animalischer Art. Hier kommt Horst.

Woher er wirklich kam, hat nie jemand erfahren, auch nicht, wohin er anschließend ging. Aber wenn er da war, teilten sich die Reihen. Die anwesenden Kater schlichen geduckt ins nächste sichere Versteck, die Katzendamen dagegen verfielen geziert in hektisches Geputze. Welche würde er diesmal erwählen? Horst bekam sie alle – eine nach der anderen.

„Schau mir in die Augen, Kleines", hat er mit rauchiger Stimme in pelzverbrämte Spitzohren geraunt. Und er hat sehr oft geraunt. Die Ergebnisse seines Raunens waren immer gleich: zahlreich, putzig und schwarzweiß wie ihr Vater. Hatte jemals ein Rivale versucht, das farbliche Erscheinungsbild des Nachwuchses zu seinen Gunsten zu verändern, so war ihm das dramatisch schlecht bekommen. Alle wurden im Kampf besiegt – wer zählt schon die Häupter, nennt die Namen? Doch nun sollte das Schicksal auch ihn ereilen. Einen harten Kampf hatte er gekämpft, sämtliche Tricks genutzt – ohne den kleinsten Erfolg. Er war endlich an seinen Meister geraten: silbergrau, herzlos, hart wie Stahl, mental nicht zu erschüttern.

Er saß in unserer Falle. Und nichts würde bald mehr sein, wie es einmal gewesen war. Oh yeah!

Katzen. Fragen Sie mich nur nicht danach. Es sei denn, Sie haben genügend Zeit. Stundenlang könnte ich verklärten Blickes eine Laudatio über sie nach der anderen halten. Doch Verklärung hin oder her, unübersehbar bleibt dabei: Ihre Vermehrungsfreude kennt keine Grenzen. Auf über 80 Millionen Katzentierchen soll es ein Paar mit Kindern und Kindeskindern in zehn Jahren bringen, haben kluge Leute errechnet. Vermehren sich die katzenaufnahmebereiten Menschen dann in gleichem Maße?

Nein, das tun sie nicht. Und so tigern überall Miezen ohne festen Wohnsitz durchs Land. Da hilft nur noch, die Katzen schleunigst zu kastrieren, um so die Familienplanung endgültig abzuschließen. Da Katzen dabei bereits im Ansatz jede Kooperation vermissen lassen, ist das viel schwieriger, als man denkt. Sie stehen nicht manierlich in der Schlange, um brav und willig hervorzutreten, wenn es dann heißt: Die nächste bitte. Oh nein. Sie zeigen keine Einsicht und null Entgegenkommen.

Zum Glück gibt es eine gelungene Konstruktion, die die Unwilligkeit der Katzen in notgedrungene Willfährigkeit wandelt: die Katzen-Lebendfalle. Diesem metallenen Käfig sollte auch Horst nicht entgehen. Lange hatte er überlegt, die Falle umschlichen, von allen Seiten geprüft. Aber der Duft des gebratenen Hähnchens war zu überzeugend gewesen. Nun hatte er den Salat. Er füllte die Falle fast passgenau aus bei seiner enormen Größe. Alle Kräfte setzte er ein, um seinem Gefängnis zu entkommen, er fauchte, kratzte, trat um sich … Das Frohlocken der ortsansässigen Kater beim Anblick seiner Hilflosigkeit war spürbar und auch verständlich, deshalb wurde er beim Abtransport mit einem großen Tuch bedeckt, um seine Schmach zu mildern.

Der Eingriff selbst war kaum der Rede wert. Zur Ausnüchterung bekam er die größte Box. Sein Auszug verlief ganz unspektakulär. Er verließ den Transportkorb ohne einen Blick zurück. Nur der scharfe Duft seines Aftershaves blieb noch lange daran haften. Danach kehrte er zurück in ein Leben, das fortan geprägt sein würde von völlig neuen Werten. Und die Katzendamen werden ihn sicher auch dann noch lieben, wenn er ihnen künftig sanft in die Ohren haucht: „As time goes by … "

Austausch der Kulturen

Es war einmal ein Laubhaufen, der hatte eine Eigenschaft, die Laubhaufen gemeinhin nicht aufweisen. In ihm raschelte es ganz seltsam. Das kam dem Kater Sauli äußerst merkwürdig vor. Merkwürdig und verdächtig. Eines war schon einmal sicher: Das Rascheln stammte nicht von einer Maus. Sauli kennt sich aus mit jeder Art von Mäuseascheln. Dieses Geräusch war anders. Es war beeindruckend und kräftig. Sauli begann, den Laubhaufen zu überwachen. Er studierte ihn jeden Tag. Mal war das Rascheln stärker, mal schwächer. Da er kein mutiger Kater ist und es mehr mit der Zurückhaltung hält, wartete er erst einmal ab. Er umrundete den Haufen und als nichts Schlimmes geschah, wurden seine Kreise enger. Das Rascheln verschlang seine gesamte Aufmerksamkeit, sodass er sogar den Mäusedienst äußerst nachlässig versah.

Und dann, eines Tages, war es so weit. Das Rascheln wurde dermaßen stark, dass der Kater sicher war, es müsse gleich etwas passieren. Das tat es auch. Aus dem Laub wühlte sich ein rundes Etwas. Es witterte nur kurz mit einem spitzen dunklen Näschen, einmal nach rechts, einmal nach links, blinzelte in die helle Frühlingssonne, dann begab es sich auf direktem Weg zum frisch gefüllten Napf des Katers. Was diesen mehr erstaunte als empörte, so verblüfft war er über die Erscheinung. Schließlich hatte Sauli vorher noch nie ein Tier mit Stacheln gesehen.

Der Igel fing ungerührt an, mit lauten Schmatzgeräuschen das Futter zu sich zu nehmen. Und als hätte er nicht schon genug vor der Nase, stieg er ganz in den Trog und veranstaltete dabei eine ziemliche Schweinerei. Das so einfach hinzunehmen, war Sauli nicht länger gegeben. Er versuchte, mit dem Igel in Kommunikation zu treten. Doch der reagierte nicht. Auf keine Frage ging er ein. Er fraß und fraß und strebte dann erneut seinem heimischen Laubhaufen zu.

Kater Sauli wartete nun gespannt auf den nächsten Tag. Und wieder erschien der Igel. Es war das gleiche Spiel wie zuvor. Der Igel wieselte zum Napf, fraß sich durch das Futter und schwieg beharrlich auf alle Fragen. Sauli war nicht mutig genug, um in die Offensive zu gehen, obwohl er gerne gewollt hätte. Andererseits konnte man ein solches Verhalten nicht unkommentiert zu den Akten legen. Da bediente sich jemand an seinem Futter und stellte sich nicht einmal vor. Was war das für ein Benehmen? Sauli war langsam ein bisschen frustriert. Gern hätte er mit dem Igel über vieles gesprochen, so auch über wichtige Fragen zur Mäusepopulation. Doch es kam beim besten Willen kein Dialog zustande. Gefährlich schien es nicht zu sein, das seltsame Stachelwesen. Nur sehr wenig kommunikativ. Sauli traute sich immer näher. Den Igel rührte das nicht. Er machte sich über das Futter her, und das mit ganzem Körpereinsatz.

Eines Tages kam Saulis Freund, der Hund Baghi, in den Garten. Baghi ist nicht so philosophisch gestrickt wie der Kater Sauli. Gleich handeln, ohne viel zu verhandeln, das ist seine Losung. Ein Rhodesian Ridgeback sieht seine Herausforderung zwar eher im Aufspüren von Löwen als von schmatzenden Stacheltieren, doch in Ermangelung der Löwen trabte er auf den Igel zu und tippte ihn lässig mit der Pfote an. Und endlich kam eine Antwort. Zumindest eine nonverbale. Der Igel fauchte, sprang hoch gegen die Hundenase, produzierte dadurch ein Hundequieken, dann rollte er sich zur Kugel.

Der Ridgeback fraß den Katzennapf leer und verließ irritiert die Stätte. Sauli aber saß lange still da und fixierte die Stachelkugel. So kam es, dass er Zeuge wurde von einem seltsamen Vorgang. Der Igel begann, sich langsam zu entrollen, stellte seine Hydraulik an und schraubte sein Fahrgestell hoch bis zu normaler Größe. Nachdem er das erledigt hatte, trippelte er mit kleinen Schnaufgeräuschen ins nächste dichte Gebüsch. Zurück blieb ein beeindruckter Kater.

Von jetzt ab kamen sie täglich zusammen, der Kater Sauli, der Hund Baghi und der Igel. Nachdem die Fronten geklärt worden waren, ergaben sich neue Handlungsansätze. Sie be-

gannen, gemeinsam miteinander zu fressen, alle drei an einem
Trog, bauten ihre Fremdheiten ab und schufen auf diese Weise
Verständnis für die jeweils andere Lebensart. Das anfänglich
Trennende war zur friedlichen Koexistenz geworden, zum Aus-
tausch der Kulturen rund um den Futternapf.

La Bohème

Hatte er Lampenfieber? Nichts deutete darauf hin. Nicht jetzt und auch nicht später. Dabei war es doch seine erste Rolle. Und überhaupt – niemand hätte früher gedacht, dass er einmal Zugang fände zum Reich der schönen Künste. Denn Kater Friedrich entstammte einer sozial schwachen Unterschicht. Seine Mutter, eine Bauernhofkatze, musste allein die Mäuse für ihre vier Kinder verdienen. Noch vor Bekanntwerden der Schwangerschaft hatte sich der Vater desinteressiert aus dem Staube gemacht. Und auch das gesamte geistige Umfeld war eher anspruchslos zu nennen, die Vorstellungen von Kater Friedrich im Hinblick auf seine Lebensgestaltung schienen daher recht diffus. Sicherlich würde er ein Bauernhofkater bleiben, auf dem Heuboden wohnen und sich zu gegebener Zeit in Katerkämpfe verwickeln.

Doch dann geschah es ihm in noch recht jugendlichem Alter, dass man ihn adoptierte. Er, der bislang nur Hof und Scheune kannte, kam in einen Haushalt mit edlen Möbeln, dicken Teppichen, weichen und daher nicht verachtenswerten Betten und liebevollen Menschen.

Wie man sich denken kann, war der Anfang für Friedrich nicht ganz leicht. Er musste vieles lernen, vor allem, sich zivilisiert zu benehmen. Doch gestand man ihm gerne eine Einarbeitungszeit zu. Und mehr noch: Friedrich wurde sehr gefördert und konnte daher seinen IQ signifikant verbessern und sein wahres Wesen entwickeln. Ein Wesen, bislang verborgen unter gestreiftem Pelz, das bald geprägt war von Sanftmut und Charakterstärke. Friedrich wurde charismatisch. Zudem fiel er auf durch ein ausgedehntes Phlegma. Nichts konnte ihn erschüttern. Was sich besonders auf den Fahrten zum Tierarzt offenbarte, gelegentliche Besuche blieben auch ihm nicht erspart. Doch im Gegensatz zu seinen Artgenossen, die je nach Temperament in ihren Tragekörben fauchten, jammerten oder sich verkrochen, spazierte Friedrich zum Erstaunen aller auf Zuruf durch die offene Sprechzimmertür.

Ja, er sprang sogar freiwillig auf den Behandlungstisch, was wohl als einmalig zu bezeichnen ist. Auch hier blieb er immer freundlich und höflich. Mit tiefem Vertrauen in eine gute Zukunft lebte er ein entspanntes Katerleben. Ein Leben, das sich unbemerkt auf einen Höhepunkt zubewegte, ohne dass Friedrich es ahnte.

Eines Tages stand ein Aufruf in der Zeitung. Am hiesigen Opernhaus wurde ein Darsteller gesucht. Ein Darsteller besonderer Art. In einer avantgardistischen Fassung von La Bohéme wollte man dem Dichter Rodolfo in der Anfangsszene ein Katzentier in die Arme legen. Wesensfest musste es sein, friedlich und gelassen. Schauspielkunst und Gesang wurden nicht verlangt.

Friedrichs Menschen überdachten die Sache, dann meldeten sie ihn an. Wie es so üblich ist, musste sich auch Friedrich einem Casting unterziehen. Die Andrang war groß. Hauptsächlich hatten sich Katzen beworben, die so etwas beruflich machten. Doch auch Naturtalente fühlten sich angesprochen. Würde sich Friedrich gegen die Konkurrenz behaupten?

Die erste geprüfte Katze gab schon jetzt die Diva. Sie saß schmollend in ihrem Korb und machte ihre Unlust durch Geschrei und Gefauche deutlich. Der nächste Kandidat fuhr blitzschnell die Krallen aus, ein weiterer versuchte kleinlaut zu fliehen. Friedrich dagegen verhielt sich wie ein Profi. Geduldig lümmelte er sich durch die Tests, denn zur Hauptsache wurde Liegen verlangt. Stilles, geduldiges Liegen. Selbst als ein kleines Orchester spielte, ließ Friedrich sich nicht aus der Ruhe bringen. Er entspannte sogar noch mehr bei der schönen Musik, war sie ihm doch bereits aus seinem Zuhause vertraut.

Und so bekam er die Rolle. Zur Sicherheit wurde ein weiterer Kater als Zweitbesetzung verpflichtet, doch Friedrich war sich sicher, dass diese Vorsicht nicht nötig gewesen wäre. Er würde es alleine schaffen. Und so war es dann auch.

Die Proben liefen gut, nur zu wenigen hatte er zu erscheinen, da er die ruhende Position nicht erst erlernen musste. Dann kam der Tag der Uraufführung. Konzentriert lag Friedrich auf Rodolfos Schoß und gab seinem Schnurren bewusst eine lyrische Note.

Den begeisterten Applaus am Ende seines Auftritts befand er für angemessen. Tags darauf würde man ihn lobend in der Zeitung erwähnen. Und während sich auf der Bühne das musikalische Geschehen um Rodolfo und Mimi weiter entspann, saß Friedrich stolz in der Garderobe und widmete sich zufrieden seiner wohlverdienten Gage. Sie bestand aus einem Thunfischdöschen.

Das
Weihnachtsgeschenk

Manchmal braucht das Glück einen Schubs. Er hätte zwar sanfter ausfallen können, doch bei dieser Deutlichkeit konnte das Glück zumindest nicht sagen: Sorry, ich habe nichts gemerkt. Und so wurde Katze Nelly in ein besseres Leben geschubst.

In tiefe Gedanken versunken, war sie über die Straße gelaufen. Zu sehr in Träume versponnen, um auf das Auto zu achten, das zeitgleich die Fahrbahn passierte. So kam, was kommen musste. Beide hatten einen unfreiwilligen Kontakt, der dem Fahrzeug nicht schadete, wohl aber der Katze Nelly. Der Fahrer war ein netter Mensch, deshalb stieg er aus und kümmerte sich um das Kätzchen, das verstört auf dem Pflaster saß. Da jedoch sein Kümmern mit Hilflosigkeit einherging, sah er die mögliche Rettung in einem kleinen Häuschen, das nicht weit entfernt von der Straße sein Licht durch ein Fenster schickte. Dort traf er auf eine ältere Frau. Und ja, sie würde die Katze versorgen.

Um es kurz zu machen: Bis auf ein leichtes Hinken, das alsbald verschwand, war Nelly unversehrt geblieben. Man muss vielleicht nicht extra erwähnen, dass Frau Heine Tiere liebt. Und nun hatte das Glück seinen zweiten Auftritt: Es schenkte der heimatlosen Nelly ein schönes, behagliches Zuhause. Sie zog bei Frau Heine als Untermieterin ein und bald waren Mensch und Katze in inniger Zuneigung verbunden. Diese wurde auf Frau Heines Seite nur einmal kurzfristig strapaziert. Das geschah, als Nelly eines Tages aus einer Kiste sprang und Frau Heine in eben diesem Behältnis kleine Wesen erblickte, die aufgrund ihrer Beschaffenheit nichts anderes als Ratten sein konnten. Doch nicht alles, was Fell und einen Schwanz trägt und unter einer Katze liegt, ist gleich Ratte. Nelly hatte heimlich Mutterglück erfahren und Frau Heine auf den Schlag vier weitere Katzen beschert.

Leider war die alte Dame mit irdischen Gütern nicht reich gesegnet. Eine winzige Rente ermöglichte ihr ein bescheidenes Leben in dem kleinen Haus, das nicht viel größer als ein Hüh-

nerstall war. Doch die „unschuldigen Wesen" wurden groß-
gefüttert und fanden auch bald ein neues Zuhause. Allerdings
gab es berechtigen Anlass, sich Sorgen zu machen über ein er-
neutes Auftreten kleiner Gebilde im Rattenlook, die sich dann
wiederum als Katzennachschub outen würden. Schließlich sah
Nelly nicht aus, als wäre sie plötzlich von Keuschheit befallen.
Frau Heine ging an ihr Erspartes und ließ Nelly vom Tierarzt
die Lizenz entziehen. Nun war auch das geregelt.

Nelly folgte Frau Heine anhänglich auf Schritt und Tritt. Im
Sommer bauten sie im gemeinsamen Gärtchen Gemüse an und
sammelten Holz für den Winter. Eine Zentralheizung gab es
nicht, doch tagsüber verströmte ein Ofen mollige Temperaturen. Die Nächte waren bitterkalt und Nelly und Frau Heine
krochen zwecks Verdoppelung der Körperwärme zusammen
unter das Federbett. Neben Frau Heines Knien schnurrte sich
die Katze gemütlich in den Schlaf und Frau Heine genoss den
Kontakt mit Nellys samtweichem Fell.

Dann kam das Weihnachtsfest und Frau Heine teilte sich
mit Nelly vorm geschmückten Baum eine Wurst. Danach
löschte sie die Kerzen und legte sich zum Schlafen nieder,
während Nelly ihren Abendspaziergang durch den Garten
machte. Bald hörte Frau Heine das Klappern der Katzentür
und lüftete die Decke an. Nelly sprang wie gewohnt aufs Bett,
verweigerte jedoch die kuschelige Höhle. Im Dunkeln begann
Frau Heine, nach der Katze zu tasten und sie mit energischem
Nachdruck unter die Daunen zu schieben, bis Nelly ihr Sträu-
ben aufgab und der Aufforderung nachkam, wenn auch nicht
ganz entspannt.

Doch dann bemerkte Frau Heine, dass diesmal unter dem
Federbett noch etwas anders war. Irritiert knipste sie die Leuch-
te auf dem Nachtschrank an und schlug die Decke zurück.
Dann sah sie es. Und was sie da sah, ließ sie aus dem Bett
springen, von Entsetzen und Abscheu gepackt: Im Maul von
Katze Nelly zappelte eine Maus. Eine dicke graue Maus. Die

ahnungslose Frau Heine hatte Nelly samt Beute unters Deck-
bett geschoben. Doch bevor sie dem Impuls nachgab, Ärger
zu empfinden, hielt sie plötzlich inne. Hielt inne und begriff.
Ihr Gemüt wurde überflutet von liebevollen Gedanken. Es war
doch Heiligabend! Und Nelly hatte ihr zu Weihnachten ein
Geschenk mitgebracht, wenn auch ein recht spezielles. Eben
ein typisches Katzengeschenk.

Die Macht der Liebe

Rein wissenschaftlich gesehen ist Liebe nur ein chemischer Vorgang. Ein Mix aus verschiedensten Hormonen. Doch wer denkt schon nach über Dopamin und Endorphine bei dem Gefühl, in einem Tornado der Sinne zu kreiseln? Bestimmt nicht Kater Merlin. Er ist von tiefstem Glück umfangen. Irrlichtert durch die Gegend, ein verklärtes Schielen im Blick. Bei ihm ist die Liebe ausgebrochen. Das passgenaue Gegenstück hat sich eingeklinkt in seine eigene Seelenhälfte. Schlank und rank ist das Objekt seiner Begierde. Es fühlt sich so gut und samten an – ein Freudenfest der Berührung. Und seine Liebste riecht ganz erstaunlich und ausgesprochen würzig. Ihre körpereigenen Duftstoffe kitzeln aufreizend seine Nase. Denn ihr molekulares Erkennungszeichen trifft bei ihm exakt auf die richtigen Geruchsrezeptoren. Das führt ihn in einen Rauschzustand, der sein ganzes Trachten in ihre Richtung lenkt. Ja, Kater Merlin ist verliebt. Bis über beide Plüschohren. Er ist in unauslöschlicher Liebe zu einem Holzlöffelchen entbrannt. Zu einem kleinen Löffel, geschnitzt aus feinstem Olivenholz. Braun wie Merlin selbst, mit einer Maserung ähnlich den Streifen in seinem dichten Wuschelfell.

Merlin ist ein Kater der urwüchsigen Rasse Maine Coon. Verspielt zeigt er sich und intelligent und ein bisschen albern. Doch nun ist alles verändert. Eine Ernsthaftigkeit hat ihn gepackt, die man von ihm gar nicht kennt. Eine Zielstrebigkeit ist über ihn gekommen, die nur die eine Richtung sieht: Vereint zu sein mit seiner heißen Liebe. Doch wie bei allen großen Dramen läuft es auch hier nicht rund. Hindernisse stellen sich ein, blockieren den Weg zur Erfüllung. Denn so gewandt und flexibel, wie der Kater ist, so unbeweglich und steif gibt sich die Angebetete. Folglich kann sie nicht zu ihm kommen, Merlin muss hin zu ihr. Hier beginnen die Probleme. Das Löffelchen steckt im Zuckertopf, da ist sein Zuhause.

Der Zuckertopf steht auf dem Tisch. Der aber ist für den Kater verbotenes Terrain. Und das aus gutem Grund. Daher muss Merlin die Lage sondieren. Muss prüfen, ob kein Mensch in der Nähe ist. Erst dann ist der Weg für ihn frei zum Traum seiner Katernächte. Er nimmt den Löffel mit der bepelzten Pfote zierlich aus der Dose, hält ihn fest umklammert, springt auf den Boden und dann beginnt das süße Spiel. Merlin wälzt sich in Bauchlage, Seitenlage, Rückenlage. Schnuppert, schubbert, knabbert, wirft hoch, umarmt, greift, tatzt, krallt, rutscht, springt, wirft, fängt … Er ist von einer Besessenheit, als hätte sich das Löffelchen in Katzenminze verwandelt. Kater Merlin ist abgedriftet in den höchsten Rauschzustand. Ist es der Duft des Olivenholzes, der ihm die Sinne vernebelt?

Seine Menschen sind leider Spielverderber. Ihnen ist die Zuneigung des Katers ganz und gar nicht recht. Denn – das muss man ganz klar sagen – es entsteht eine Schweinerei, wenn Merlin sich das Löffelchen klaut. Den reichlich verstreuten Zucker, den fegt er leider selbst nicht auf. Ganz zu schweigen von der Übertretung des Tischbenutzungsverbots. Er hatte es sich daher selber zuzuschreiben, dass das Zuckerschälchen samt Löffel eines Tages verschwunden war. Es wurde aus seinem Umkreis entfernt. Wie sollte Kater Merlin diese Trennung verkraften?

Zuerst suchte er am gewohnten Ort, da war kein Schälchen mehr. Er nahm die Witterung auf, die führte ihn zum Regal. Zu einem Regal hoch oben an der Wand. Katzen können gut springen. Und so kam es, dass kurz darauf ein mächtiges Poltern und Klirren entstand. Das Klirren entsprang den letzten Lauten eines Glaskrugs, etlicher Keramikschalen und eines irdenen Rumtopfes. Es war ein regelrechter Polterabend. Wenn ein kräftiger Maine-Coon-Kater auf einem Regalbrett landet, das vollgestellt ist mit vielen Sachen, dann greift als Erstes das Prinzip der Raumverdrängung. Und Merlin verdrängt sehr viel. Die zweite Katastrophe folgte sofort auf die erste. Er hatte es nicht darauf angelegt, das Bord aus der Wand zu dübeln. Doch das Zuladungsgewicht des Regals wurde durch sieben Kilo Kater bei Weitem überschritten. Neben dem abgelebten Geschirr lag nun auch das Brett am Boden.

Nun steht das Zuckerschälchen wieder auf dem Tisch, was wohl das kleinere Übel ist. Doch kürzlich sah man den Kater neue Wege beschreiten. Er lag in einer Schüssel, sich hingebungsvoll und glücklich wälzend. In einer Schüssel, gefertigt aus Olivenholz. Was sein Löffel dazu sagt, das wollte Merlin nicht verraten.

Tor 4 für Humphrey

Er heißt Humphrey. Und nicht nur der Name verbindet ihn mit seinem berühmten britischen Kollegen, der zu Lebzeiten als legendärer „Chief Mouser" in London, Downing Street Nr. 10, für die Mäusefreiheit sorgte. Auch unser deutscher Humphrey bekleidet das Amt des „Obersten Mäusejägers", wenngleich sein Bekanntheitsgrad in bescheidenerem Rahmen verläuft. Schließlich wirkt er nicht in London und dreht am Weltgeschehen, sondern lebt in einem kleinen unbedeutenden Städtchen. Was nicht gleichzusetzen ist mit geringerer Verantwortung. Hängen doch von seiner Gewissenhaftigkeit im Ernstfall Menschenleben ab. Ja, man kann sagen, dass Humphrey Fuß gefasst hat in einem höchst wichtigen Beruf.

Zudem hockt er ganz oben auf der Karriereleiter, und das trotz äußerst dubioser Herkunft. Eines Tages griff man ihn auf, streunend in einem schlecht beleumdeten Viertel. Da er sich nicht legitimieren konnte, lieferte man ihn ins Tierheim ein. Er war ein strammer Kater, leicht verwildert und frei von guten Manieren. Um ihn zu resozialisieren, durchlief er ein kleines Programm für bessere Umgangsformen. Danach schien er für eine Vermittlung geeignet. Doch die gestaltete sich schwierig. Der Kater war nicht mehr im Jungkatzenstadium mit hohem Niedlichkeitsfaktor. Zudem saß er da und guckte reichlich verdrossen, was nicht zum Mitnehmen animierte. Er drohte, zum Ladenhüter zu werden.

Zur gleichen Zeit stellte man in der örtlichen Feuerwache erneut Sabotage fest. Sabotage durch Mäuse. Überall flitzten sie durch das Gerätehaus und nagten im Akkord. Voller Übermut vernichteten sie, was ihnen vor die Zähne kam. Fallen wurden neckisch umgangen, sie bedienten sich lediglich frech an den Ködern. Ihnen war einfach nicht beizukommen. Zum wiederholten Male hatten sie die Schläuche mit dreistem Frohsinn und kraft ihrer Nagevorrichtung zur Sprinkleranlage umfunktioniert. Statt des benötigten machtvollen Strahls spritzte das Wasser aus vielen kleinen Öffnungen und nässte die Umstehenden ein, nicht aber das lodernde Feuer. Verständlich, dass die Feuerwehrleute böse auf die Mäuse waren. Gelinde gesagt.

Und plötzlich stand eine Idee im Raum. Die Idee nach einem Kollegen. Einem ganz speziellen Kollegen. Einem hauptamtlichen Mäusefänger. Eine Abordnung marschierte ins Tierheim, von beträchtlicher Hoffnung getragen. Dort wurde ihnen Humphrey empfohlen. Doch würde dieser schwarzweiße Kater ein guter Mäusefänger sein? Darüber konnte er leider keinen Nachweis erbringen, hatte er doch weder Zeugnisse noch sonstige Referenzen. Trotzdem wollte man es mit ihm versuchen. Der Kater sah kräftig aus, zuverlässig und unerschrocken. Humphrey bekam den Job.

In der Wache zeigte man ihm seinen kombinierten Schlaf- und Arbeitsplatz. Sofort wich alles Verdrossene aus Humphreys rundem Katergesicht. Er wusste, hier war er am richtigen Ort. Dieses Wissen bezog er aus einem guten Rundumgefühl, das sich in Schnurren offenbarte. Damit akzeptierte er seinen Arbeitsvertrag. Weil alles seine Richtigkeit brauchte, wurde Humphrey beim Finanzamt angemeldet. Man baute ihm eine Katzentür ein für ungehindertes Passieren. Dann konnte die Arbeit beginnen.

Schnell fand sich der Kater in das Aufgabengebiet hinein, zumal er aus seiner Tätigkeit auch einen beträchtlichen Lustgewinn zog. Nach kurzer Zeit war es vorbei mit den Mäusepartys. Damit hätte Humphrey aufgrund der Stellenbeschreibung seiner Pflicht genügt. Doch er strebte nach mehr, witterte Aufstiegschancen. So avancierte er zum allseits beliebten Maskottchen. Bei jedem Alarm fühlt nun auch er sich angesprochen und eilt zum Feuerwehrhaus. Dort übernimmt er die Endkontrolle; er bleibt neben dem Löschfahrzeug sitzen, bis auch der letzte Feuerwehrmann im Wagen verschwunden ist. Erst dann widmet er sich anderen Dingen, über die er im Allgemeinen nicht spricht.

Humphrey lebt ein Leben, das geprägt ist von großer Zufriedenheit. Eine Zufriedenheit, die kürzlich noch gesteigert wurde durch ein besonderes Ereignis. Er erfuhr eine große Würdigung. Als er von einem auswärtigen Mäusevergnügen zurück in sein Zuhause kam, bemerkte er an der Katzentür eine optische Veränderung. In schwarzen Lettern hatte man, analog zu den drei großen Toren, „Tor 4" auf sein Türchen geschrieben. Konnte man seine Wichtigkeit noch besser unterstreichen?

Win-win mit Winnie

Woher er kam? Niemand wusste es. Eines Tages war er da. Drückte sich zwischen den Sträuchern herum, die den Weg zum Hintereingang säumten. Stand dann verlangend vor der Tür, ein bisschen ängstlich zwar, doch innerlich gerüstet für eine Kommunikation mit den Menschen, die täglich hier ein und aus gingen. Für eine Kommunikation, die seinem Wunsche nach enden sollte in einer Interaktion mit positivem Ausgang. Und positiver Ausgang, das bedeutete Futter. Denn ihm knurrte gewaltig der Magen. Und die guten Düfte, die der Tür entströmten und sich nach jedem Öffnen verführerisch intensivierten, rochen nach vielen nahrhaften Dingen.

Mit dieser Annahme lag er nicht verkehrt. Hier ging es auf direktem Weg in die Küche des Seniorenheimes. Die eher schmucklose Glastür wurde für ihn zur Pforte der Verheißung. Er positionierte sich folglich so, dass man ihn nicht übersehen konnte. Gab seine Deckung auf. Und so stand dann eines Tages die Köchin einem Kater gegenüber, einem schwarzweißen mageren Kater, der sie mit einem Blick bedachte, der keine Zweifel offen ließ. Er wusste, es war ein Wagnis. Es hätte auch schiefgehen können. Nicht jeder Mensch ist Katzen zugetan, auch wenn sie noch so bittend gucken. Und schon gar nicht einem verlausten Streuner, der sich zudem illegal in die Parkanlage gemogelt hatte.

Doch der Kater hatte Glück. Er fand eine wahre Tierfreundin und kurze Zeit später stand ein Schüsselchen mit Kartoffeln und Soße vor seiner Nase. Zum Dank übernahm er den Abwasch und leckte die Schüssel blitzblank; er wusste, was sich gehört. Der Folgetag brachte ihm Fleischbröckchen ein, zuletzt gab es richtiges Katzenfutter. Sie hatte es extra für ihn gekauft. Die Regelmäßigkeit der Versorgung konnte ihm nur sagen, dass er nicht unwillkommen war, und er dehnte die Anwesenheit aus, um neben dem Mittagstisch auch Streicheleinheiten einzufordern. Durch die gute Futterversorgung hatte er seinen Körper bald wieder mit Fettpolstern aufgefüllt, sodass aus dem mageren Stromer ein properer Kater geworden war. Adrett sah er nun aus mit seinem glänzenden Fell und sehr vertrauenerweckend.

Überdies hatten Fürsorge und menschliche Zugewandtheit sein Selbstbewusstsein gestärkt. Vielleicht überkam ihn deshalb ein gewisser Übermut. Denn eines schönen Tages war ihm der Hintereingang nicht genug, er zwängte sich zwischen den Besuchern durch die sich öffnende Haupteingangstür und landete im Foyer. Die Dame an der Rezeption erblickte mit großem Erstaunen einen stämmigen Kater, der nicht aussah, als wäre er ein Heimbewohner. Sie wollte ihn schon des Hauses verweisen, da geschah etwas wirklich Nettes.

Der Kater bewegte sich gezielt auf eine Sitzgruppe zu, auf der ein paar alte Leutchen in trauriger Starre gefangen schienen. Er umschwänzelte und umschnurrte sie. Versprühte seinen Kater-Charme, von dem er viel besaß. Und die vordem noch vor sich hin starrenden Alten wandten sich dem Katerchen zu, beugten sich herab, streichelten ihn, sprachen zu ihm und auf einmal auch miteinander. Sie begannen Katzengespräche und kramten in Erinnerungen. Von da an frequentierte der Kater täglich beide Türen, Hinterhaus und Vordereingang. Hier wartete man schon auf ihn und ließ ihn sofort ein. Er bekam auch einen Namen: Winnie, genannt nach einem verblichenen Ebenbild.

Und dann erhielt er einen Job. Eine reguläre Anstellung in dem Seniorenheim. Sein guter Einfluss auf das allgemeine Wohlbefinden war nicht verborgen geblieben. Winnie wurde eingestellt bei guter Kost und Logis. Er ist nun Heimkater geworden. Offiziell abgesegnet. Sein Aufgabengebiet umfasst das gleichmäßige Verteilen seiner geschätzten Anwesenheit. Er tigert von Zimmer zu Zimmer, schaut nach dem Rechten und auch einmal nach dem Linken und verströmt dabei Wohlbehagen. Er nimmt seinen Dienst sehr ernst, ist stets höflich und freundlich und außerordentlich verschwiegen. Was immer man ihm anvertraut, er behält es diskret für sich. Im Gegenzug schläft er auf weichen Betten, nimmt Aufmerksamkeiten entgegen und gerne ein Leckerchen. Die Bewohner verwöhnen ihn und werben um seine Gunst, doch zeigt er sich kaum bestechlich. Das Miteinander ist geprägt von Zuneigung und Herzlichkeit. Für beide Seiten ist es ein Vorteil.

Eine klare Win-win-Situation.

Zwei Rabauken

Eines Tages war er da. Und man konnte nicht sagen, dass er sehr friedlich wirkte. Er spielte also mit offenen Karten. Doch die Müllers wollten die Zeichen nicht sehen. Nicht die Kerben in den Ohren, nicht die geknickten Schnurrbarthaare, nicht den herausfordernden Blick. Sie sahen nur einen recht jungen Kater, der in ihrem Garten stand und unmissverständlich erklärte, dass er erstens Hunger hatte und zweitens eine Bleibe suchte. Und da sie Katzen sehr gewogen waren, sie hatten bereits drei davon, öffneten sie Kater Branko die Tür. Wer könnte sich abwenden und die Augen verschließen, wenn ein armer Heimatloser auf der Schwelle steht? Die Müllers konnten es nicht.

Kater Branko bekam einen Napf mit Futter, den er nicht verschmähte. Dann wurde er vorsichtig den Hauskatzen vorgestellt. Und damit fing das Drama an. Branko hatte nicht versprochen, ein friedlicher Kater zu sein. Raufen war seine Kernkompetenz, das zeigte er sofort. Die angestammten Katzen machten große Augen, sofern sie noch dazu kamen, dann flüchteten sie in die hintersten Winkel. In das harmonische Heim der Müllers war ein Rabauke geschneit, der seinesgleichen suchte. Vorbei war es mit dem Frieden. Wo Branko war, da waren Streit und Schlägereien. Er stellte sofort klar, wer der Katzenchef war. Seine Untertanen schlichen wachsam durch die Räume: Ist er da? Hat ihn jemand gesehen? Und trauten sich erst heraus aus den Ecken, wenn Branko außer Reichweite war. Die Müllers waren nervlich am Ende. Eine Katzenpsychologin wurde bemüht, aber Branko öffnete sich ihr nicht. Sie versuchte es mit einer Bachblüten-Therapie. Doch auch Holly und Mimulus konnten den Rüpel nicht zur inneren Einkehr bewegen.

Oft klagte die schwer geprüfte Frau Müller der befreundeten Frau Schulze ihr Leid. Die konnte das gut verstehen. Denn in deren Hause residierte ein Kater namens Donald. Er lebte wohlweislich als Einzelkater. Auch Donald zeichnete sich durch unbändige Rauflust aus. Schon als kleines Kätzchen benahm er sich höchst ruppig gegenüber Artgenossen. Ein kurzer Versuch mit einer sanften Katzendame ließ die Schulzes kapitulieren und Donald triumphieren. Wobei sie liebend gerne eine weitere Katze hätten, zumal sich auch Donald als nicht ausgelastet zeigte. Er brauchte dringend einen Sparringspartner. Doch wer wagte sich noch in Donalds Löwenhöhle?

Ganz sacht und leise schlich sich nun ein Gedanke ins Hirn der strapazierten Frau Müller. Der Gedanke wurde lauter und endlich ausgesprochen. Frau Schulze zeigte sich skeptisch. Zugegeben, es war ein Versuch. Und ein heikler dazu. Doch man sollte und wollte ihn wagen. Branko packte sein Schlafdeckchen ein und wurde zu Schulzes transportiert. Dort traf er auf Donald, der seinen Augen nicht traute. Auch Branko war verblüfft. Zwei Kater standen sich gegenüber, das Fell zur Bürste gesträubt. Ein Heulen entwich den empörten Katzenkörpern. Es dauerte nur einen kleinen Moment, dann verschmolz Tigerfell mit schwarzem Pelz zu einer fauchenden, kreischenden Kugel, trennte sich wieder in zwei wütende Einzelwesen, um sich erneut zu einer kämpfenden Einheit zu ballen. Fellbüschel flogen, eine Bodenvase kippte und hauchte ihr Leben aus. Es war Donalds größte Rauferei, aus Brankos Vorleben war nichts bekannt. Doch urplötzlich ließen die Kontrahenten voneinander ab und – die Menschen konnten es kaum glauben – fingen an, sich gegenseitig zu putzen. Und es gab viel zu putzen, um beider Fell zu ordnen.

Durch diese ausgiebige Putzaktion zementierten sie ihre Freundschaft und schlossen einen dauerhaften Frieden. Sie hatten im anderen endlich ihren Meister gefunden. Einträchtig schliefen sie auf Brankos Kuscheldecke, wechselten dann zu Donalds Lieblingskissen, fraßen gemeinsam Napf an Napf und teilten sich sogar eine Maus. Nun war es beschlossene Sache, dass Branko für immer zu den Schulzes zog. Frau Müller tat das ein bisschen weh, sie hatte diesen Raufbold trotzdem ins Herz geschlossen. Doch ihre anderen Katzen feierten ein

Freudenfest. Anfangs konnten sie es kaum glauben, schielten vorsichtig um die Ecken, doch mit der Zeit begannen sie, den glücklichen Zustand anzunehmen, und wandten sich wieder ihren eigenen kleinen Geschäften zu.

Auch im Hause Schulze schnurrten zwei Schmusekater und polierten ihren inneren Heiligenschein als Zeichen scheinbarer Friedfertigkeit. Doch sobald sich auf ihr Grundstück eine fremde Katze wagte, sahen sich beide vielsagend an, nicken sich kurz zu. Und dann …!

Mundraub

Wusste er nicht, dass es um seine Zukunft ging? Um eine schöne Zukunft, umgeben von Fürsorge und gesicherter Ernährung? Nun hatte Willi all das aufs Spiel gesetzt. Die Sicherheit und auch sein positives Image. Man kann nicht einmal sagen, für einen unbedachten Moment. Denn Willi hatte sehr wohl bedacht. Er hatte beobachtet, abgewartet, den richtigen Augenblick genutzt. Und damit möglicherweise alles zunichte gemacht. Leider muss man auch sagen, dass ihn nicht einmal ein schlechtes Gewissen plagte. Eher der Zustand unangenehmer Fülle, die durchaus freudig begann, ihm dann aber bald das Gefühl bescherte wie ein zu fest gestopftes Sofakissen: Willi hatte sich überfressen. Und weil er nicht platzen wollte – er musste das fast befürchten –, sank er ermattet in eine Bodensenke und beschloss, sich dem Schlaf zu ergeben, mit der Hoffnung, in wohligerem Zustand wieder zu erwachen. Er klinkte sich folglich aus dem Geschehen aus.

Willis Menschen wussten nicht, ob sie lachen sollten oder sich maßlos ärgern über das, was soeben geschehen war. Wie würden sie sich jetzt entscheiden? Konnte man diesen Kater behalten? Einen Kater, der sich so unverfroren verhielt?

Ihnen hatte die Idee gefallen, sich eine Katze zuzulegen. Im beschaulichen Rentenstand waren endlich Zeit und Raum für einen vierbeinigen Hausgenossen. So kam es, dass Herr und Frau P. in einer Pflegestelle für herrenlose Tiere vorsprachen. Sie wollten einer Katze eine neue Heimat bieten. Einer Katze in fortgeschrittenem Alter. Die würde, freudig und diskret, die Aufgabe übernehmen, die Mäuse im Schuppen in Schach zu halten, und im Winter, schnurrend auf der Fensterbank, eine entspannte Aura schaffen. Frau P. hegte die Vorstellung einer grauen Tigerkatze, während ihr Mann einen schwarzen Kater präferierte. Warum sich beide letzten Endes für den gelben Willi entschieden, war nicht mehr nachzuvollziehen. Der Kater sieht zugegebenermaßen reichlich seltsam aus. Ein kleiner Kopf

mit ausgeprägter Denkerstirn, dünne Beinchen und ein ebenso
dünner Schwanz korrespondieren mit dem restlichen Körper
auf höchst skurrile Weise. Denn ab Schulterblatt ist Willi ein
Kürbis. Unterstützend zum Kürbiseindruck kommt die satte
gelbe Farbe. Nein, eine Schönheit ist Willi nicht, aber höchst
originell, was offensichtlich keiner der Interessenten bislang
wahrgenommen hatte. Daher konnte er sich durchaus glücklich schätzen, von den P.s erwählt zu werden. Wenn auch erst
einmal auf Probe.

Im neuen Zuhause angekommen, präsentierte sich der Kater
äußerst vorteilhaft. Er schnurrte auf der Fensterbank, wenngleich es noch nicht Winter war. Er konfrontierte sich mit den
Schuppenmäusen. Und obwohl er keine fing, denn Willi ist
Pazifist, verschwanden die Nager von selbst. Vermutlich aufgrund seiner Anwesenheit. Eine Katze in der Nähe lässt aus
Mäusesicht alles Unbeschwerte schwinden. Auch sonst zeigte
Willi sich soft. Er war sanftmütig und diskret. Die Sache ließ
sich gut an.

Dann kam dieser unselige Tag, der Geburtstag von Herrn P.
Mit einem fröhlichen Grillfest im Garten sollte er begangen
werden. Willis Einführung in den Freundeskreis würde gleichzeitig erfolgen. Nach einer festlichen Kaffeetafel heizte Herr P.
den Grill an. Würstchen brutzelten vor sich hin, Steaks und
saftige Schnitzel. Willi lag entspannt im Gras, mit mildem Blick
auf das Geschehen. Scheinbar desinteressiert und ein bisschen
gelangweilt. Was Frau P. nicht ohne Stolz erwähnte: Welch
angenehmer Kater, er bettelt nicht einmal!

Das Grillvergnügen bewegte sich auf den Höhepunkt zu.
Eine Lachshälfte wurde aufgelegt. Und dann geschah, was keiner für möglich gehalten hätte. Mit einem einzigen Satz war
der Kater am Grill und angelte sich den Fisch vom Rost. Den
sündhaft teuren Lachs. Blitzschnell und ungeachtet der hohen
Temperaturen. Und ebenso schnell war er mit der Beute in
den angrenzenden Büschen verschwunden. Für den Rest des

Tages blieb er unauffindbar. Er und auch der Fisch. Erst am späten Abend kam Willi wieder zurück. Kürbisähnlicher als zuvor. Hatte Willi nun seine Chance verspielt? Er befand sich doch noch in der Probezeit! Aber die P.s, man kann es sich fast denken, wollen ihn nicht mehr missen. Mundraub hin oder her. Der Kater war schon längst zu IHREM Willi geworden. Nur wenn Fisch auf dem Speiseplan steht, werden sie in Zukunft überaus wachsam sein.

Traumhaft gute
Vorsätze

Nie ist die Zeit so reif für gute Vorsätze wie zum Jahreswechsel. Auch meine Katze ist in sich gegangen und hat überraschenderweise ein paar Ziele formuliert.

Ich werde, sagt sie, nicht mehr die Kleiderschranktüren öffnen, die Pullover herauskratzen und auf dem Fußboden verteilen. Ich werde anschließend nicht darauf herumtrampeln und dabei viele Fäden ziehen. Und ich werde mich auch nicht selbst in die Schrankfächer legen, weil ich weiß, dass ich kein Pullover bin. Ich werde nicht mehr im Korb mit frisch gewaschener Wäsche lagern und überall mein Fell hinterlassen. Und wenn doch, dann werde ich darauf achten, dass ich mich nur auf Sachen lege, die mit meiner Fellfarbe korrespondieren, damit man es nicht gleich merkt. Außerdem werde ich nie wieder im Winter die Terrassentür aufmiauen und dann zwischen Tür und Angel hocken, weil ich erst überdenken muss, ob ich wirklich nach draußen will. Denn ich werde Verständnis entwickeln, dass Menschen keinen integrierten Pelzmantel haben und die Wärme lieber im Haus behalten, anstatt den Garten zu heizen.

Das alles klingt sehr löblich, sage ich zu meiner Katze. Aber da war doch noch etwas …

Ich weiß, sagt meine Katze, ich bin ja auch noch nicht fertig. Ich werde nie mehr die Streu aus meinem Katzenklo scharren und auf dem Fußboden verteilen und dann den Fußboden mit dem Katzenklo verwechseln. Und ich werde auch nicht jedes Mal aus dem Garten zurück ins Haus gelaufen kommen, nur um das Katzenklo zu benutzen. Denn ich weiß, man kann das auch draußen erledigen. Richtig, sage ich, ich würde eine Menge Katzenstreu sparen.

Noch etwas?

Ja, sagt meine Katze. Ich werde nicht mehr auf Bäume flitzen und dann vergessen, wo mein Rückwärtsgang ist. Denn ich werde einsehen, dass es für einen Menschen viel schwieriger ist, von einem fünf Meter hohen Stamm abzusteigen, wenn er auf den Armen eine Katze trägt. Ich werde außerdem lernen zu begreifen, dass es bei Regen hinter allen Türen regnet und ich nicht von einer zur anderen laufen muss, um das zu überprüfen.

Das hört sich alles traumhaft an, sage ich zu meiner Katze. Das denke ich auch, sagt sie. Und es geht noch weiter. Wenn du am Computer sitzt, werde ich nie mehr in Endlosschleife vorm Bildschirm herumflanieren. Auch über die Tastatur werde ich nicht mehr laufen und dabei Funktionen hineintrampeln, die nicht angebracht sind.

Gut, sage ich, und wo wir gerade beim Schreibtisch sind …

Okay, sagt meine Katze, wenn deine Kaffeetasse auf dem Schreibtisch steht, dann werde ich versuchen, sie nicht mehr umzukippen. Denn ich werde lernen, dass eine nasse Katze auch weiterhin funktioniert, nicht aber eine nasse Tastatur. Und wenn du gerade trinkst, dann werde ich nicht meinen Kopf gegen die Tasse rammen und dich mit dem Kaffee duschen. Ich werde nicht mehr auf dem gedeckten Esstisch liegen. Zumindest nicht, wenn Besuch da ist. Ich werde mich auch nicht mehr über dein angefangenes Strickzeug hermachen und ganz neue Muster kreieren. Auch werde ich nicht mit der restlichen Wolle die Stuhl- und Tischbeine umwickeln und durch die Wohnung ein Spinnennetz ziehen. Ich werde nicht mehr vor meinem vollen Futternapf miauen und scheinbar vor Entkräftung zusammenbrechen, wenn jemand in die Küche geht. Und ich werde akzeptieren, dass Katzenfutter nicht nur aus Soße besteht, sondern dass die Fleischstückchen auch gefressen werden können. Ich werde dich morgens ausschlafen lassen und nicht in aller Herrgottsfrühe auf dir Trampolin spielen. Ich werde dir nicht mehr, wenn du schläfst, mit der Pfote ins Gesicht patschen und dabei vergessen, die Krallen einzuziehen. Und ich werde mich nicht mehr auf das aufgeschlagene Buch legen, wenn du am Lesen bist. Auch werde ich nicht mehr versuchen, den Buchrücken anzuknabbern. Haushaltsrollen sind keine würdigen

Gegner, künftig werde ich darauf verzichten, sie in Grund und Boden zu kämpfen. Ich werde akzeptieren, dass das für mich bestimmte Trinkwasser in meinem Napf zu finden ist und nicht in deinem Glas. Ich werde künftig nicht einmal mehr mit der Pfote hineintippen, um den Wasserstand zu prüfen.

Das sind ja sehr vernünftige Ziele, denke ich erstaunt. Und spüre in diesem Moment im Gesicht eine spikesbewehrte Tatze. Im Aufwachen wird mir klar: Ich habe alles nur geträumt. Es wäre auch zu seltsam, um wahr zu sein. Denn schließlich ist sie eine Katze. Und das ist rundum gut so.

Ein Tag für die Katz

Früher Morgen, stockdunkel, gefühlt kurz nach Mitternacht: Ein Schnurren bohrt sich in meine Träume. Ein freundliches, erwartungsvolles Schnurren. Nein, hier gibt es noch nichts zu erwarten, keinesfalls um diese Zeit. Eine Tatze tippt auf meine Nase, mit dem Arm schütze ich im Halbschlaf mein Gesicht. Die Tatze wird zielstrebig, angelt durch die Armbarriere, als holte sie eine Maus aus dem Bau. Ich ziehe die Decke über den Kopf, lege dabei meine Füße frei. Das vollständige Aufwachen erfolgt durch einen Schmerz im Zeh, an dem lustvoll spitze Zähnchen knabbern. Ich kapituliere und gehe ins Bad. Von draußen höre ich ein Kratzen an der Tür und ein forsches Miau. Ich öffne und meine Katze tritt ein. Guckt mir mit Interesse zu, wie ich in die Dusche steige. Sie will tatsächlich bleiben, was mich sehr verwundert. Ihre Einstellung zu Wasser ist mir nicht unbekannt.

Der Wasserstrahl trifft meinen Körper, als Reaktion erfolgt ein Blick aus entgeisterten Katzenaugen. Mieze produziert Unverständnis und macht einen Satz zur Tür. Der Dringlichkeit bewusst, werde ich sofort öffnen. Ich schlittere tropfend über die Fliesen, hinterlasse kleine Pfützen. Meine Katze verschwindet wie der Blitz. Sie erwartet mich später in der Küche und fixiert unwillig ihren Napf, den ich sofort befülle, bevor ich mein eigenes Frühstück mache.

An der Tür klingelt der Postbote. Ich steh dem Mann gegenüber, in der Hand einen Teller mit Wurstbrot, was ihn sichtlich irritiert. Nein, das Frühstück ist nicht für ihn, ist nur ein Automatismus, der in solchen Fällen greift: Lasse als Katzenbesitzer nie deinen Teller allein, sonst gibt's nachher Brot ohne Wurst.

Wenig später verfügt meine Katze, in den Garten gelassen zu werden. Sie hakt ihre Krallen in die Tapete, die neben der Tür bereits wie geschreddert erscheint. So äußert sie ihr Verlangen. Ich komme dem Wunsche nach. Kurz darauf hat sie draußen die Kälte registriert und verlangt den sofortigen Einlass. Fünf Minuten später probiert sie es erneut, leider ist noch immer

Winter. Sie hatte es anders erwartet. So etwas nennt man Optimismus. Ein Optimismus, der nicht zu stoppen ist. Ich lasse sie folglich rein und raus und rein … Zu spät merke ich, dass sie nicht alleine kommt. Um Gelassenheit bemüht, entsorge ich die tranchierte Maus.

Anschließend ist Kaffeezeit. Und ich weiß genau, was passiert. Einst hatte ich ihr recht unbedacht dabei ein Fischdöschen spendiert. Mit dem Druck auf den Einschaltknopf des Wasserkessels schaltete ich nun auch die Katze ein. Blitzschnell ist sie da beim Geräusch des Kaffeewasser-Sounds. Ein Augenpaar mit Saugnapf-Wirkung dirigiert mich zum Schrank, wo ihre Döschen lagern. „Denk daran, du bist auf Diät", sage ich zu ihr. „Du auch", sagt meine Katze. Und verlegen schiebe ich meinen Schokokeks wieder zurück in die Packung.

Kurz darauf ertönt ein Scheppern. Katzen sind vorsichtig, nie werfen sie etwas hinunter – einer der Irrtümer über Katzen. Nein, sie werfen nicht gezielt. Nehmen den Blumentopf nicht zwischen die Pfoten und sagen: Abwärts damit! Sie machen es sehr subtil. So wie eben meine Katze. Sie legt sich zwischen Topf und Scheibe passgenau auf die Fensterbank und beginnt danach sich auszudehnen. Sie dehnt und dehnt. Der handlungsunfähige Blumentopf rutscht weiter und weiter zum Rand. Dann ist es geschafft. Ich beseitige Erde und Scherben.

Am Nachmittag besuche ich eine Freundin. Ihr Hund kommt freudig auf mich zu und hört nicht auf, sich zu freuen. „Platz!", sagt meine Freundin und er legt sich gehorsam auf seine Matte. Ich komme nach Hause. Meine Katze stiefelt an mir vorbei und würdigt mich keines Blickes. „Platz!", sage ich zu ihr. Sie guckt mich vernichtend an, dreht mir das Hinterteil zu und sucht ihr stilles Örtchen auf. Ich höre nur das Scharren. Großzügig verteilt sie die Streu auf dem Boden. Wenig später verspüre ich einen Schmerz, unter meinem Fuß kleben Katzenstreukrümel. Ich hatte vergessen: Gehe als Katzenbesitzer tunlichst nicht auf Strümpfen.

Ich setze mich an den Computer, meine Katze folgt mir nach, springt auf den Schreibtisch und belagert die Tastatur. Nach einer kurzen Debatte, die wirkungslos an ihr abprallt, schiebe ich sie zur Seite. Sie ist sichtlich beleidigt und verschwindet in ihrem Lieblingskarton. Ein Karton mit der Aufschrift „Junger Gouda". Sie hatte ihn sich angeeignet. Seitdem steht er auf meinem Schreibtisch und raubt viel von der Arbeitsfläche, doch sie schätzt meine unmittelbare Nähe. Da liegt sie nun und beschließt zu schlafen. Sie ist nicht mehr jung und braucht ihren Schönheitsschlaf. Als sie endlich erwacht, blinzelt sie mir zu aus ihrem jungen Gouda. Blinzelt mich an mit diesem speziellen Katzenblick, der Zuneigung bedeutet. Zuneigung und Vertrauen. Ich blinzele zurück. Und wünsche mir noch viele, viele Jahre mit ihr.

Die Autorin

Karin Tamcke lebt in Schleswig-Holstein und arbeitet als freie Journalistin. Ihre Tiererzählungen erschienen in verschiedenen Fachzeitschriften und einige Jahre als wöchentliche Kurzgeschichte in der Leipziger Volkszeitung. Zu ihrer Familie gehörten immer viele Tiere, sodass sie beim Schreiben aus einem reichen Erfahrungsschatz schöpfen kann.

Weitere Tierbücher aus dem Mariposa Verlag (Auswahl)

Mariposa Verlag (Hrsg.)
HUNDE JA-HR-BUCH
Geschichten von Hunden und ihren Menschen
Band 1, 110 Seiten, ISBN 978-3-927708-48-8
Band 2, 136 Seiten, Fotos, ISBN 978-3-927708-58-7
Band 3, 136 Seiten, Fotos, ISBN 978-3-927708-59-4

Brian A. Connolly
WOLFTAGEBUCH
Ein Jugendroman
Übersetzt von Elli H. Radinger
168 Seiten, broschiert, ISBN 978-3927708-64-8

Hans-Jürgen Mülln
DIE SCHWARZE DOGGE EMMA
Eine biographische Erzählung
240 Seiten, broschiert, ISBN 978-3-927708-66-2

Thomas Riepe
WER IST HIER DER SCHLAUMEIER?
Skurrile Geschichten von Hunden und ihren Menschen
90 Seiten, ganzseitige Illustrationen, ISBN 978-3927708-62-4

Elli H. Radinger (Hrsg.)
WÖLFEN AUF DER SPUR
Geschichten und Gedichte
133 Seiten, Klappenbroschur, ISBN 978-3927708-52-5

Christine Ströhlein
MEIN HUNDELEBEN
96 Seiten, viele Farbfotos, ISBN 978-3927708-92-1

Kay Pfaltz
LAUREN
Ein amerikanischer Hund in Paris
Deutsche Erstausgabe
177 Seiten, mit Fotos, ISBN 978-3927708-60-0

Werner Koep
WIE HUNDE MENSCHENLEBEN RETTEN
Denkmäler erinnern an treue Gefährten
112 Seiten, broschiert, Fotos, ISBN 978-3-927708-49-5

Helga Castellanos
VOM EINFACHEN LEBEN
Eine Idylle – 30 Geschichten über einen Podhalaner
132 Seiten, Klappenbroschur, illustriert, ISBN 978-3927708-42-6

Regina Marianne Kasten
JERRY – UNVERGESSEN
Geschichte eines Wachhundes
100 Seiten, broschiert, illustriert, ISBN 978-3927708-31-0

Werner Koep
AUF DEN FÄHRTEN BERÜHMTER WÖLFE
80 Seiten, broschiert, Abbildungen, ISBN 978-3-927708-51-8

Hannelore Nics
VIEHLOSOPHISCHES
Tierfabeln zum Schmunzeln
160 Seiten, broschiert, ISBN 978-3927708-38-9

Hannelore Nics
GASSI IMPRESSIONEN
Geschichten und Reime
80 Seiten, broschiert, mit Fotos, ISBN 978-3927708-67-9

Im selben Verlag erschienen

Cornelia Bera
POSTFACH: KATZENHIMMEL
ISBN 978-3-927708-95-2

Sechzehn Jahre lang bereicherte sie das Familienleben, bis sie eines Tages zwischen Kletterrosen und Lavendelsträuchern im Garten einschlief. Und sie fehlt noch immer.

Doch die Erinnerungen bleiben. Im Sommer trank sie gern aus der gefüllten Gießkanne, schnupperte im Papierkorb herum und leckte Joghurtbecher aus. Sie schlief im alten Kinderwagen, saß vor der Garage, bis ihre Menschen wieder nach Hause kamen, und zeigte sich beleidigt, wenn sie von einer längeren Reise zurückkehrten, obwohl sich die Nachbarin rührend kümmerte. Elfi war etwas Besonderes, das wusste sie selbst wohl am besten.

Die Autorin fing an, ihre Erinnerungen aufzuschreiben, und schickt sie nun an ihre „Gefährtin im anderen Kleid" in den Katzenhimmel. Wer weiß denn schon, ob es den nicht tatsächlich gibt? Vielleicht ist er nur einen Katzensprung entfernt. Irgendwo im Südhimmel beim Sternbild Katze, wo Katzen genauso verwöhnt werden wie einst bei ihrer Familie.

Auf jeden Fall kann der Leser mit auf die Reise gehen und darf gespannt sein, was passiert.

Ein versöhnliches Buch über ein unvermeidbares Thema

Das vollständige Verlagsprogramm finden Sie im Internet:
www.mariposa-verlag.de